ERRANCE

Belleville, quartier de Paris, est un carrefour de cultures où différentes communautés vivent en harmonie. Fenêtre ouverte sur toutes les villes, en mouvement perpétuel, où les gens de passage construisent, mettent en friche et reconstruisent…
Belleville éditions publie une littérature étrangère populaire. Des voix incontournables de notre temps qui nous emmènent en voyage dans les cultures d'ailleurs. Des textes humains et sans filtre pour une meilleure compréhension du monde.

Titre Original : Prelest

Première publication par Vulkan.
Illustration de couverture par Miloš Tripković.

8 bis rue Abel – 75012 Paris

Ce livre a bénéficié du soutien
du Centre National du livre.

Cette traduction a été publiée
avec le soutien du Ministère
de la Culture et de l'information
de la République de Serbie.

République de Serbie
Ministère de la Culture et de l'Information

FILIP GBRIC

ERRANCE

TRADUIT DU SERBE PAR ZIVKO VLAHOVIC

« Il y a les signes moraux d'errance et les signes manifestes. Les signes moraux sont : l'orgueil, la vanité, le mépris de ses semblables, l'égoïsme, la présomption et autre. Il arrive que tout cela soit dissimulé sous le masque du calme, c'est pourquoi une personne orgueilleuse dans les yeux des personnes spirituellement inexpérimentées peut sembler calme. Les signes manifestes de l'errance sont les visions, les sentiments irréguliers ou peut-être les apparitions pendant la prière. C'est pour cette raison que l'errance se fait appeler « l'errance » qui trompe l'homme, les faux états spirituels rappellent les vrais et une personne inexpérimentée s'y empêtre. »

Higoumène Avram, *Discours sur l'errance*

« Les passions, rivalisant entre elles, se battent pour moi, m'arrachent sans cesse l'une à l'autre, tournent autour de moi, ne me laissent pas en paix.

Et je ne vois pas mon état misérable ! Il y a dans mon esprit un rideau de ténèbres occultant ; il y a dans mon cœur une lourde pierre d'indifférence. »

Saint Ignace Briantchaninov, *Sur l'errance*

I

Les récidives du passé

« Eh mon pote, ressaisis-toi – c'est ce que je me suis dit – sinon tu vas finir par crever, tu vas crever. »

Géza Csáth, *Dépendances*

1

J'ai vu Viktor pour la dernière fois il y a un peu plus de quatre ans. Il était si mal en point que je l'ai à peine reconnu. Il était d'une maigreur d'ermite et ses dents étaient jaunes et pourries. Il m'avait fait venir dans le seul but de me demander cent euros. Lorsque je lui ai répondu que je ne pouvais pas lui passer plus de cinquante, il s'est contenté de hocher la tête de façon conciliante et a promis de me rembourser la somme, au plus tard à la fin du mois. Au cours de cette demi-heure très désagréable, j'ai éprouvé le plus profond dégoût pour cet homme à qui, dans le passé, j'aurais pu donner ma vie. Je lui ai assuré qu'il n'avait pas à me rendre mon argent, je lui ai également fait comprendre sans ambages que je ne voulais plus le revoir ni en entendre parler. J'étais convaincu que Viktor avait perdu toute estime de lui-même, qu'il était tombé si bas qu'il ne serait pas en mesure de tenir cette promesse, et qu'il réapparaîtrait sans doute au bout de quelques mois avec une nouvelle supplique, comme un nouveau prêt ou le gîte pour la nuit. Cependant, non seulement cette présomption était fausse, mais elle était particulièrement cynique : Viktor n'a plus montré signe de vie depuis ce jour. Bien sûr, je n'ai cessé de penser à lui. Il me semble qu'il ne s'est pas passé un seul jour sans que son souvenir m'assaille. Cependant, depuis que son frère, Luka, m'a dit qu'il s'était pendu à un arbre au sommet du mont Kablar, ma mémoire du temps passé ensemble m'a frappé de plein fouet. Au-delà des bons ou mauvais souvenirs qui faisaient irruption dans mon esprit, j'étais submergé par un sentiment de culpabilité particulièrement douloureux. Pourquoi avais-je dû faire preuve d'autant de dureté envers lui lors de notre dernière rencontre ? Pourquoi avais-je trahi notre amitié et fini par mener une vie que Viktor et moi, du temps où nous nous fréquentions, aurions méprisé du plus profond de notre âme ?

Quand nous nous sommes parlé pour la deuxième fois ce jour-là, Luka m'a fait le récit détaillé des dernières heures de la vie de Viktor. Ce matin-là, comme à son habitude, Viktor s'était rendu à Čačak pour trouver un emploi, sans que l'on sache si cette décision avait été préméditée ou spontanée. Toutefois, aux alentours de midi, il s'était retrouvé à Ovčar Banja au lieu de Čačak. On sait avec certitude qu'il avait d'abord visité le monastère de l'Annonciation, dont l'église était fermée, ce qui l'avait amené à l'hôtellerie où il était tombé sur un moine assis devant un ordinateur. Le moine avait décrit à Luka sa rencontre avec Viktor par le menu, avec une honnêteté pour le moins déconcertante. Viktor lui avait demandé s'il avait besoin d'une aide quelconque, ce à quoi le moine avait répondu par une question en lui demandant s'il savait réparer un ordinateur, car le sien fonctionnait très lentement ces derniers temps et, qui plus est, captait très difficilement le wifi ; cela faisait plusieurs jours qu'il n'avait pas pu visiter ses différents profils sur les réseaux sociaux, qui lui servaient à communiquer avec les fidèles à travers le monde. Viktor lui avait répondu qu'il ne connaissait rien aux ordinateurs, mais qu'il était en bonne condition physique et pouvait effectuer n'importe quelle tâche sans rechigner. Le moine avait agité la main et marmonné qu'il n'avait aucunement besoin d'un « ouvrier », tout en continuant à cliquer sur la souris et à fixer son écran. Viktor était resté silencieux quelques minutes, puis avait tourné les talons et repris la route menant jusqu'au sommet du mont Kablar. D'après Luka, Viktor avait très certainement fait un tour au monastère Saint-Nicolas, dont il n'avait pas non plus pu visiter l'église. Une religieuse l'avait presque réprimandé en le voyant debout devant l'entrée du vénérable bâtiment. Elle lui avait dit qu'il était hors de question qu'elle ouvre uniquement pour lui et que, s'il souhaitait tant voir les fresques, il n'avait qu'à attendre le groupe de touristes de Belgrade qui arriverait à quatorze heures. La religieuse a rapporté que Viktor avait vaguement laissé s'échapper un « ah bien, merci », puis quitté la porterie du monastère.

Luka était convaincu que Viktor n'avait pas prévu de mettre fin à ses jours ce matin-là, mais qu'il était venu dans cette région avec l'intention d'entrer dans les ordres de l'un des monastères des gorges de l'Ovčar-Kablar. Cependant, il avait dû déchanter sur place en constatant l'absurdité de cette décision. Pendant que Luka parlait, je restais silencieux et déglutissais. Ce n'est pas que je ne pouvais pas imaginer Viktor dans un monastère, bien au contraire. Viktor plaisantait souvent sur le fait que nous pourrions devenir des moines exemplaires car, comme il avait l'habitude de le dire, « il n'y a pas plus grands débauchés que ceux qui sont entrés dans les ordres », mais la pensée même que Viktor ait pu envisager une telle possibilité m'avait autant anéanti que la nouvelle même de son suicide.

Viktor avait été retrouvé relativement vite au sommet du mont Kablar, non loin de rochers offrant une magnifique vue sur l'Ovčar et le massif de la Morava occidentale, qui serpentait vigoureusement entre les deux montagnes. Aussi longtemps qu'il l'avait pu, Viktor avait serpenté entre les obligations et les responsabilités que lui imposait la vie, jusqu'à ce qu'il ait épuisé toutes possibilités de contorsion et finisse pendu à une branche de frêne noir. Il avait été trouvé par les touristes de Belgrade que la religieuse de Saint Nicolas avait annoncés. Personne n'avait osé s'approcher du corps, car sur cette même branche à laquelle était suspendu Viktor, il y avait une vipère. Ce reptile venimeux, selon toute probabilité, avait grimpé sur le bois après que Viktor s'était pendu avec une ceinture de couleur noire. Des témoins oculaires ont affirmé que la vipère avait rampé un moment autour du corps immobile et sans vie de Viktor, l'arpentant calmement de la tête aux pieds, avant de redescendre au sol et disparaître dans les fougères. Luka maudissait le serpent pour n'être pas monté plus tôt dans l'arbre et l'avoir mordu au cou, car alors tout cela aurait pu passer pour un accident, et non un suicide, nouvelle qui avait brisé leur mère. J'ai demandé à Luka l'heure et le lieu de l'enterrement. Viktor s'était pendu le 12 septembre, jour de l'anniversaire de Nina. Je n'ai pas voulu mentionner cette coïncidence à Luka. Mais j'ai, bien sûr, tout raconté à Nina.

2

Depuis le début du mois de septembre, il ne cessait de pleuvoir, ce qui avait soudainement écarté le sentiment de joie profonde qui m'habitait à la fin de l'été et l'avait remplacé par de banales considérations sur la finitude, la vieillesse, la décadence et la fuite toujours plus rapide du temps. Au lieu de profiter de l'abondance et de la splendeur de cette fin d'été, Nina et moi pataugions dans le cimetière boueux et escarpé du village, où les pierres tombales usées par les siècles apparaissaient ici et là entre des monticules frais, supportant des dalles de marbre surdimensionnées d'un goût douteux. Lorsque nous nous sommes acheminés vers la tombe depuis la chapelle au sommet de la colline, nous avons remarqué que nous ne connaissions pratiquement aucune des personnes présentes à l'enterrement. Je me demandais si Rastko serait là. La possibilité de le revoir après tant d'années me rendait particulièrement nerveux. Mais Rastko, bien sûr, n'est pas venu et je ne pense pas qu'il se serait montré, quand bien même il aurait été en Serbie. Nina m'avait gratifié d'une remarque cinglante, me demandant si, à sa place, j'aurais fait le voyage depuis Vancouver pour cette occasion. Je gardais le silence. « Tu as toujours été dur et injuste envers lui », a-t-elle dit. En pensée, tantôt je râlais un instant contre lui et ces stupides coutumes, tantôt je pleurais sur mon pauvre sort sous la pluie et dans la boue. Je ne pouvais penser à Viktor, c'était comme si tout cela n'avait aucun rapport avec lui.

Je dois ajouter que mon humeur avait évolué depuis le choc initial, de l'indifférence extrême, en passant par de courts accès de culpabilité et de remords, jusqu'à l'irritabilité, ce qui m'avait par moments amené à remettre en question ma présence aux funérailles. Que signifiait toute cette mascarade ? Nous nous étions quittés, les sentiments que nous avions les uns pour les autres avaient disparu, à quoi bon perdre son temps à patauger dans la boue du cimetière et saluer des gens qui ne signifiaient rien à nos yeux ; à quoi rimait tout ce cinéma et ces condoléances accompagnées d'expressions faciales d'une douleur théâtrale, derrière lesquelles on ne percevait aucune peine sincère, seulement une compassion superficielle, une pauvre pitié, le souhait d'avoir la conscience tranquille et de satisfaire sa vanité ? Puis, comme s'ils s'étaient concertés, nos vieux amis ont soudainement commencé à arriver.

Pendant la messe funèbre (il ne faut pas sous-estimer la curiosité intempestive des gens endeuillés), ainsi qu'à l'enterrement, nous avons échangé des questions et des réponses courtoises du type « comment vas-tu ? », « comment va la famille ? », « Tu travailles toujours à l'agence N ? », « ah oui, tu as changé de secteur. C'est bien mieux là-bas ! », « excellent ! », « et toi, j'ai entendu dire que tu as soutenu ta thèse, félicitations », etc. Puis nous nous sommes très vite séparés pour monter dans nos véhicules, et une heure plus tard, nous nous sommes à nouveau réunis autour d'une longue table dans la maison familiale de Viktor, tous dans le même coin. Sept années avaient passé depuis nos dernières retrouvailles. Tout le monde était présent sauf, bien sûr, Viktor, qui s'était pendu et qui nous avait par son geste à nouveau rassemblés, et Rastko, qui avait déménagé au Canada. Que chacun sache presque tous les détails de la vie publique des autres était étrange : ceux qui s'étaient mariés ou avaient divorcé, ceux qui avaient eu un enfant, ceux qui gagnaient bien leur vie, ceux qui n'avaient pas terminé leurs études, etc. Ce n'était pas si étonnant puisque nous nous suivions tous sur les réseaux sociaux, puis il suffisait que deux personnes, même si elles se voyaient très rarement, se réunissent autour d'un café pour que les informations soient échangées et transmises à tous ceux qui feignaient d'être désintéressés. Et lorsque nous eûmes enfin épuisé tous ces sujets de conversation déjà bien connus de tous, un silence désagréable avait envahi la pièce.

Marta n'avait pas supporté, elle s'était lancée dans un récit décousu, manifestement secouée et confuse, car elle avait rêvé de Viktor quelques jours auparavant, alors qu'elle n'avait pas pensé à lui depuis longtemps. « Dans ce rêve, Viktor habitait toujours la rue K. avec Maksim (c'est-à-dire moi), avait-elle dit, pourtant il ne s'agissait pas du studio qu'ils avaient loué durant des années, mais d'une salle de réception du lycée. » Nous nous sommes tous regardés, étonnés. Goran avait même esquissé un léger sourire. « À la place des étagères de livres à l'ouest de la salle, il y avait un immense bar avec divers alcools. Maksim préparait des cocktails avec son aisance inhabituelle et forçait Viktor à les boire cul sec. Viktor obtempérait avec docilité, même s'il n'en avait pas du tout envie, et suppliait, implorait Maksim d'arrêter. Il disait qu'il avait faim, qu'il préférait manger, mais Maksim n'en avait cure et lui répétait qu'il n'était qu'un imbécile, que la nourriture le dégriserait et qu'il était temps pour lui de se taire une bonne fois pour toutes car rien n'est plus beau qu'un *Long island* le ventre vide. « Ça ressemble plus à un souvenir qu'à un rêve », avait soudain marmonné Goga. Les deux filles m'avaient sûrement bien critiqué dans la voiture sur le chemin de Čačak, avais-je pensé. Marta avait poursuivi : « J'ai essayé de raisonner Maksim, mais il a brusquement augmenté le volume d'une musique électronique de tordus, ses yeux injectés de sang étincelaient, il était différent, il faisait semblant de ne pas nous entendre, de ne pas nous comprendre, et s'était mis à se trémousser tout en enlevant son t-shirt. J'ai senti que cela ne présageait rien de bon. » « Marta, tu es le genre de rêveuse dont rêvent les psys, avais-je ajouté, non sans sarcasme, moi, contrairement à toi, j'oublie tout dès que j'ouvre les yeux. » Marta s'était ébranlée un bref instant, elle tenait absolument raconter son rêve jusqu'au bout : « J'ai pris Viktor par la main et je l'ai conduit jusqu'à la grande porte à deux battants fermés à clé. Viktor était triste, passif et apathique. J'avais eu de la peine à le faire venir jusqu'à la fenêtre, mais à cet instant l'horreur m'a envahie, car à l'extérieur du studio, c'est-à-dire la salle de réception, il n'y avait rien, littéralement rien. Nous flottions dans un espace sans air, au loin nous pouvions à peine voir la Terre et la Lune, dont nous nous éloignions de plus en plus. Et c'est à cet instant que résonnèrent de terribles coups à la porte, je ne sais comment, mais j'étais sûre que Maksim avait en quelque sorte invoqué un énorme mal qui se précipitait sur nous. Viktor était agenouillé sous le bar, pleurait, implorait Maksim, mais ce dernier ne prêtait aucune attention à ses paroles et à ses gestes. J'étais pétrifiée, je haïssais Maksim, et pas seulement dans mon rêve, mais tout le long de la journée suivante, pour sa cruauté envers Viktor. » Après avoir prononcé ces mots, Marta m'avait lancé un rapide regard, manifestement inquiète de la réaction que je pourrais avoir. Il n'y avait pas l'ombre d'un doute qu'elle avait une opinion très défavorable à mon encontre, mais je n'étais pas certain qu'elle ait été consciente de rejeter sur moi la responsabilité de la fin malheureuse de Viktor. Je restais silencieux, même si je savais que ce rêve allait se terminer par cet « énorme mal » faisant irruption dans le studio-salle de réception, amenant Marta à se réveiller de ce terrible cauchemar.

J'ai remarqué que Goran avait beaucoup grossi. Mais à en juger par la vitesse avec laquelle il descendait les verres de raqi, je dirais qu'une bonne partie de cet embonpoint provenait peut-être de l'excès de liquide. À cause de ce changement physique évident, il donnait l'impression d'avoir brusquement vieilli. Heureusement, il n'avait pas ressenti le besoin d'interpréter ou de commenter le rêve de Marta, dont le sens était outrageusement limpide. J'ai l'impression que lui seul était sincèrement heureux de me voir. Il m'avait tout de suite dit qu'il lui arrivait de skyper avec Rastko. « Il va bien, a dit Goran, il a quitté les polices d'assurance. Il a finalement trouvé un emploi dans une grande entreprise informatique, où non seulement il a beaucoup moins de travail, mais également un salaire bien plus conséquent. » J'ai immédiatement imaginé Rastko passer sa journée à cliquer assis face à son écran. Le plus triste dans tout cela, à en juger par ce que disait Goran, c'est que selon toute vraisemblance, il y avait trouvé un certain bonheur. Alors qu'autrefois, nous nous moquions en ricanant du grand-frère de Goga qui était employé comme programmeur dans une société étrangère ! À trente ans, il en faisait déjà quarante : trois poils sur le caillou, du bide, le dos voûté, des mocassins marrons sur des chaussettes blanches… L'été, il souffrait d'éruption cutanée, transpirait en permanence à cause de son poids et, sans exagération, sa poitrine était aussi grosse que celle de Goga. Il prenait son petit-déjeuner deux à trois fois par jour et déjeunait à la même fréquence. Au travail, il lui arrivait de commander du poulet croustillant avec des frites, du ketchup et de la mayonnaise ou des hamburgers avec du cheddar et des rondelles d'oignon panées. Bien sûr, un repas n'est pas un repas s'il n'est pas parachevé par une portion de crêpes au sirop d'érable ou d'un feuilleté au nutella. Aucun de nous ne doutait qu'à ses trente ans, le frère de Goga, le développeur, était toujours puceau, et personne ne doutait non plus qu'il passait son temps à se masturber. Comme le veut l'usage, le vice devient plus exigeant et complexe avec le temps : un jour, Goga, secouée et sous le coup de l'émotion, avait avoué être tombée sur de courtes vidéos amateurs de la catégorie « *golden shower* et *caviar*, dans un dossier caché de son frère. Goga pleurait, alors que nous, nous hurlions de rire. Et maintenant, c'est Rastko qui était devenu développeur. *How time distorts things*[1]. Nina avait repris la conversation au moment opportun avec Goga, Marta et son nouveau petit ami, Kokan, qui avait failli me broyer la main en la serrant, et me regardait constamment d'un air de défi du genre « essaye de dire quelque chose d'insultant et ce seront tes derniers mots ». Qui sait comment Marta m'avait décrit à ce pauvre mec, qu'elle avait de toute évidence, et en un rien de temps, transformé en paillasson. J'en ai profité pour me tourner vers Goran qui, comme à son habitude, s'était installé juste à côté de moi et après quelques minutes (et quelques verres) s'était détendu pour redevenir le vieux gaillard, gai, braillard et agité d'autrefois. Depuis un an, il vivait en toute liberté, sa malfaisante grand-mère, « la reine mère », avait enfin rendu l'âme à l'âge de quatre-vingt-onze ans. Je n'avais jamais compris pourquoi Goran vivait avec cette grand-mère diabolique, qui l'avait cruellement maltraité depuis son enfance, et encore moins du moment où il avait commencé à bien gagner sa vie. Il avait été promu au poste de manager dans une société américaine qui avait ouvert une antenne à Belgrade, où les employés serbes

[1] « Comment le temps déforme les choses. » En anglais dans le texte.

recevaient des appels depuis les États-Unis. Leur tâche était de donner, en anglais courant, des instructions précises aux utilisateurs, principalement à des techniciens de terrain qui s'occupaient des caisses enregistreuses et des distributeurs d'argent. Comme il avait grandi dans une famille chaotique, l'expérience de Goran nous permet de retracer ses tendances pathologiques.

Le défunt père de Goran, fils de la grand-mère diabolique, était décédé d'une tumeur au cerveau quand Goran avait six ans. Sa mère s'était très vite remariée, avait donné naissance à deux autres enfants et laissé par la même occasion le petit Goran survivre tant bien que mal avec sa mamie. Même après le divorce d'avec son nouveau mari, la mère de Goran n'avait pas montré plus d'intérêt pour son premier enfant. J'insiste là-dessus, car cette absence d'amour maternel a déterminé toutes les expériences ultérieures de Goran avec le sexe opposé. En effet, chez lui tout commençait et se terminait toujours de la même manière. Avant toute chose, le choix d'une partenaire candide en apparence, mais d'un égocentrisme dissimulé, qui était d'abord impressionnée par l'attention que lui portait un homme aussi viril, intelligent et cultivé que Goran. Puis arrivaient les désaccords et les cris, parce que ce même homme viril, intelligent et cultivé n'avait aucune ambition et n'était pas intéressé à l'idée de se battre pour une meilleure place dans la société. Les désaccords et les cris se transformaient en querelles ouvertes et, finalement, en périodes de lourds silences. Ce n'est qu'après la rupture que Goran découvrait qu'un autre homme traînait depuis un certain temps dans les parages, pas du tout viril, et encore moins intelligent, mais bien intégré et très ambitieux.

C'est ainsi que Goran, indigné, vivait encore avec sa cruelle grand-mère, répétant à sa manière le sort de son défunt père qui, à cause de cet insatiable désir d'amour maternel auquel il n'avait jamais goûté, avait tout négligé ; tel un esclave il servait un tyran capricieux et cela lui avait tout coûté : sa carrière, le bien-être de sa famille, sa santé et, finalement, sa vie. Il me semblait que Goran était déterminé à rompre avec ses atavismes. De plus, il donnait l'impression d'être libéré de ses chaînes. Il me parlait d'argent, de femmes et de voyages. Mais peu importe le degré de ma joie, je percevais la liberté fraîchement acquise de Goran comme une menace.

Après un certain temps, les conversations triviales avaient été interrompues par la mère effondrée de Viktor. Goran lui avait immédiatement cédé sa place et elle s'était assise à côté de moi. Nina avait remarqué que j'étais mal à l'aise, car la mère de Viktor évitait ouvertement de me regarder. Luka, aussi, avait adopté envers moi une attitude qui en disait long, « tu t'es vraiment senti obligé de venir ?! » Il n'avait pas été comme ça au téléphone. J'avais l'impression d'être le principal accusé d'un procès monté de toutes pièces. Il ne manquait plus que Marta, Goga ou la mère de Viktor ne m'accusent haut et fort : Viktor, le pauvre, était gentil, mais bien trop sensible et terriblement influençable, et il aurait sans doute été encore vivant s'il n'était pas tombé sur moi à une période charnière de sa vie, moi, ce débauché cauteleux, qui l'avait entraîné dans les sables mouvants des vices les plus sombres ; sables mouvants dont je m'étais extirpé à temps, grâce à mon amour-propre sans limites, alors que Viktor s'y était enfoncé à cause de son désamour sans fin. Mais qu'est-ce qui aurait été juste ? Que je m'enfonce avec lui au prix de ma propre vie ? Ou que je me détruise au lieu de détruire Viktor ? Cette atmosphère très pesante avait laissé une très mauvaise impression à Nina qui, sur le chemin du retour, avait demandé qu'on fasse une pause dans un restaurant non loin de la ville de Ljig.

3

Nina avait exigé des explications, elle avait dit qu'elle voulait « tout savoir », tout sans exception et sans fioriture. Elle voulait tout connaître de mon passé, dont elle n'avait qu'une vague idée, car elle n'avait simplement jamais voulu en apprendre plus jusque-là. Elle avait entendu des choses de ma bouche au début de notre relation, mais en voyant le dégoût et la stupéfaction que mes confidences provoquaient sur son visage, j'avais vite abandonné l'idée de la présenter à la personne que j'étais réellement, en dépit du désir que j'en avais. J'avais alors commencé à taire certains éléments, ou même à falsifier l'histoire pour préserver la stabilité affective et le soutien qui m'étaient précieux.

Nina avait eu vent de certaines choses que j'avais faites grâce à des ragots qui circulaient encore dans quelques milieux de la ville. Je ne pouvais me faire à l'idée qu'à Belgrade, tout le monde connaît tout le monde par l'intermédiaire de quelqu'un. C'est ainsi que lui étaient revenus aux oreilles des bruits selon lesquels Viktor et moi avions autrefois organisé des orgies dans notre appartement, que j'étais « un alcoolique dépravé doublé d'un pervers », que j'avais fait scandale à plusieurs reprises, comme lorsque j'avais soi-disant déambulé ivre au milieu de la nuit, complètement nu, dans le centre-ville, en chantant l'hymne *Die Fahne Hoch* (qui pourrait croire une chose pareille ?). Lorsque j'étais confronté à de telles rumeurs, j'usais de l'expédient d'Epictète : « Pardon ? C'est tout ce que vous savez ?! Eh bien, vous n'avez encore rien entendu ! » Mais il est clair que je pouvais mystifier ainsi tout le monde sauf Nina. De méchantes rumeurs avaient provoqué à plusieurs reprises une véritable crise dans notre relation. « Tu n'es pas sincère avec moi et qui sait ce que tu m'as caché ? », se plaignait Nina, même si elle-même n'était pas tout à fait honnête non plus quand elle disait cela, car sa capacité à m'accepter connaissait (oh que oui !) un seuil de tolérance, et à chaque fois que j'en approchais, notre relation vivait une nouvelle crise. Pour faire plus simple, Nina, comme ma mère, et peut-être même comme tous les êtres doués de conscience, sacrifiait certaines vérités sur l'autel de la paix quotidienne.

Pourquoi mes vieux amis me méprisaient-ils ? Pourquoi la mère de Viktor ne m'avait-elle pas adressé la parole une seule fois ? Comment pouvais-je me montrer si froid dans une telle situation ? Ce n'étaient que quelques-unes des questions de Nina. J'avais tenté de lui expliquer, du mieux que je pouvais, que ce « mépris », qu'elle n'avait pu s'empêcher de remarquer, ne s'arrêtait pas à moi, mais qu'il s'appliquait aussi à elle en bonne partie. Oui, oui, lui avais-je répété, ils te détestent, car ils pensent que tu n'es qu'une stupide salope qui a quitté Viktor pour te mettre avec moi. Cependant, ils restent courtois parce qu'ils te considèrent comme un être inférieur ; ils pensent que tu n'es que l'objet passif de mes manipulations, que tu es, comme tant d'autres femmes, victime de l'influence de mon errance, que tu n'as pas de *moi* et que par définition tu ne peux en avoir, car mon égo surdimensionné ne tolère aucune concurrence autour de lui. Nina voulait s'assurer que je pensais vraiment tout ce que je venais de dire.

— Pour l'amour de Dieu, Nina, tu ne vois pas ? Ils penseraient ça de toi même s'il ne s'était rien passé entre toi et Viktor.

— Mais avec Viktor, ça n'a pas duré plus de deux mois. D'ailleurs, il n'a fait aucun effort pour me retenir.

— Viktor n'a jamais fait le moindre effort.

Nina m'avait lancé un regard dur et douloureux.

— Sa pendaison le jour de mon anniversaire signifie-t-elle quelque chose ?

— Pour être honnête, je n'en sais rien. J'y pense sans arrêt moi aussi. Peut-être qu'il était furieux. Peut-être qu'il voulait nous faire du mal. En tout cas, il est clair que son esprit était enténébré.

— Tu penses aussi que je ne suis qu'une stupide salope ?

— Je pense que deux croissants au chocolat pourraient donner du goût à cet affreux café.

— Un être inférieur, tu dis ?

— Tu cherches un prétexte pour qu'on se dispute ?

— Non, Maksim, je suis juste horrifiée quand je réalise qu'après six ans de vie commune, je ne sais toujours pas ce que tu penses *vraiment* de moi.

Mes mains étaient posées sur la table, je me suis instinctivement pris le visage entre les paumes et suis resté dans cette posture une minute ou deux. Puis j'ai senti celles de Nina sur mes avant-bras. Elle me caressait en vain, essayant de croiser mon regard, qui était resté fixé sur la table.

Les croissants furent une très bonne idée.

4

Le directeur du lycée où j'enseigne avait, avec une indifférence totale, comme le métier l'impose, envoyé un e-mail aux employés le vendredi après-midi, avec une liste sur laquelle figuraient les noms et prénoms des enseignants qui devraient se rendre à une formation interne spéciale le lendemain, samedi pour être plus précis. Cette formation était dédiée à l'utilisation des nouvelles technologies de l'information en didactique. J'avais eu envie de pleurer en lisant mon nom sur cette liste ; je m'étais tout de suite mis à fantasmer sur la démission théâtrale que j'allais poser et mon exil sur une île grecque au milieu de nulle part (Icarie occupait mes pensées depuis un certain temps).

Les professeurs en informatique, chargés de notre formation durant le week-end, nous avaient répartis en groupes et envoyés dans les salles appropriées. J'avais eu l'impression que les gens autour de moi, en dépit des mécontentements, acceptaient docilement et non sans une certaine facilité cette obligation, qui ne faisait que s'ajouter à de nombreuses autres ; cela allait de soi, la vie n'était qu'une série d'obligations, une série de week-ends perdus et de plans avortés. Mais ce qui s'apparentait à des obligations routinières, dans mon cas, nécessitait en amont une préparation mentale éreintante, puis des efforts surhumains dans leur réalisation. J'étais forcé de coopérer, de communiquer avec les gens, et pourtant les gens m'irritent, me fatiguent. La douleur devenait plus colossale d'année en année, les joies s'amoindrissaient, peut-être même qu'elles finissaient par disparaître complètement. J'avais l'impression d'avoir de moins en moins de force pour vivre.

Le responsable de mon groupe était mon collègue, Dragoljub K., un petit gars potelé et dégarni, qui travaillait à l'école depuis à peine deux-trois ans. J'ai toujours cru que les étudiants en informatique, tous sans exception, en raison de la nature dynamique de ce domaine, espéraient un salaire élevé et une mobilité importante sur le marché mondial du travail. Pour autant que je sache, il suffit que quelqu'un soit un technicien médiocre avec une solide connaissance de l'anglais, pour qu'il puisse occuper un emploi lucratif non seulement en Serbie, mais aussi à l'étranger. Ce n'est peut-être qu'un mythe ou un préjugé, mais peu importe, c'est à cause de cela que j'ai nourri une méfiance envers les informaticiens travaillant dans les écoles. Je ne peux croire que l'amour pour « le transfert de connaissances » l'emporte sur le salaire et la réalisation des rêves puérils comme une vie à Buenos Aires ou à Rio de Janeiro. Les développeurs d'animations et d'applications étaient demandés dans le monde entier, mais Dragoljub K. et ses semblables ont choisi de travailler pour quelques centaines d'euros dans une sordide capitale des Balkans, que fuient tous ceux que la mentalité balkanique repousse, cette mentalité fourbe par excellence. Inutile d'être trop cynique pour douter du fait que l'enseignement de l'informatique à des adolescents peut faire briller leurs yeux et leur instiller une volonté de changer de vie par l'apport de nouvelles connaissances. Quelle autre passion ou satisfaction peut-on obtenir en cliquant frénétiquement ? Clic gauche, clic droit, copier un dossier, coller une image… À quoi bon ?!

Après une formation interactive à PowerPoint, notre tâche était la suivante : chacun de nous devait effectuer une présentation (ridicule : cinq à dix diapositives), dans laquelle on traiterait de façon originale une unité d'enseignement classique. Mes mains tremblaient plus que d'habitude en cette matinée, je m'injectais un spray à base d'éphédrine dans les narines toutes les demi-heures, car je ne pouvais me débarrasser d'une sensation de congestion. Je me suis immédiatement disputé avec mes collègues pédagogues et le psychologue, parce que j'étais fortement indigné par l'industrialisation, la démocratisation, la numérisation, la société de masse et les autres maux du modernisme. « Que veux-tu ? Que l'on revienne à l'époque féodale où les femmes restaient chez elles à donner naissance à des enfants qui mourraient généralement jeunes, tandis que les hommes passaient leurs journées dans les champs pour qu'une poignée d'aristocrates puissent profiter des concerts du compositeur de la cour ? » « Enfanter et travailler dans les champs d'une part, une vie de loisirs aristocratiques d'autre part... Ah, c'était le bon vieux temps ! », me réjouissais-je dans un état d'excitation malsaine.

— Avant de voir le jour à cette époque vulgaire, je possédais un grand domaine de trois mille âmes non loin de Novgorod... Je passais l'hiver dans mon fief et les étés à Petrograd, ou en voyage à travers l'Europe. J'ai souvent eu des ennuis à cause de mes aventures avec les femmes et les filles de comtes européens... Au moins deux fois par an, je devais participer à des duels et j'y prenais du plaisir...

Après le séminaire, le directeur m'a invité à une réunion en présence de la psychologue scolaire. La traîtresse m'avait dénoncé. Elle avait rapporté au directeur la nouvelle de ma « présentation scandaleuse », déclarant que mon « arrogance insupportable » rendait impossible toute coopération avec moi. Le directeur fronçait les sourcils. Il me fixait sévèrement, droit dans les yeux. Son regard grossier ne faisait que m'irriter davantage. J'ai répondu que ce n'était pas de ma faute si madame la psychologue, comme on dit aujourd'hui, n'était qu'une petite bourgeoise limitée et incapable de comprendre toute la profondeur de la pensée du fondateur de la tradition byzantine et orthodoxe en général – Saint Grégoire de Nysse. Sabrina est devenue complètement folle.

— Monsieur le Directeur, je ne peux plus tolérer cela, je compte porter plainte, j'attends de vous que vous engagiez une procédure disciplinaire et…

— Doucement, chère collègue, l'interrompit le directeur, qu'y a-t-il de discutable dans la présentation de Tumanov ?

— Qu'y a-t-il de discutable ? Vous me demandez ce qu'il y a de discutable ? Voilà, je vais vous montrer ce qu'il y a de discutable !

Sabrina s'est connectée au réseau de l'école via l'ordinateur du directeur, d'où elle a téléchargé ma courte présentation, qu'elle lui a immédiatement mise sous les yeux. Sur la première diapositive en noir et blanc, il n'y avait que le titre écrit en gros caractères : L'ORGANE LE PLUS SACRÉ SELON GREGOIRE DE NYSSE.

Le directeur était confus et répétait qu'il ne voyait pas où était le problème.

— Continuez à regarder, monsieur le Directeur, ce sera on ne peut plus clair dans un instant ! grogna Sabrina.

Les diapositives s'enchaînaient rapidement. Nous avons d'abord vu une fresque montrant Grégoire de Nysse, et en dessous, il était écrit qu'un homme « se sert de tous ses organes et de tous ses sens dans son propre intérêt ». Une diapositive était consacrée à chacun des sens de l'homme et de ses organes internes, soulignant leur égoïsme, jusqu'à parvenir enfin à la dernière diapositive, « problématique », qui montrait la photo d'un énorme sexe masculin en érection, complétée par une citation adéquate : « Le membre génital est le membre le plus sacré du corps humain, car l'homme se sert de tous les organes et sens dans son propre intérêt, et les membres génitaux ouvrent la voie à une nouvelle vie. »

Le directeur ne pouvait s'empêcher de sourire.

— Attendez, cher collègue, de quoi s'agit-il ? De sciences des religions ou de philosophie ? demanda-t-il.

— L'enseignement de saint Grégoire de Nysse est étudié dans le cadre de l'unité d'enseignement appelée *Les fondements de la doctrine chrétienne de la Sainte Trinité dans l'œuvre des Saint pères de Cappadoce*, ai-je répondu avec assurance.

— Et il ne s'agit pas de sciences des religions ? demanda le directeur, surpris.

— Honnêtement, je ne sais pas ce que vous appelez sciences des religions, mais je sais en revanche que l'interprétation finale du dogme de la Sainte Trinité n'aurait pas été possible sans l'aide des concepts néoplatoniciens et aristotéliciens…

— D'accord, d'accord, ne nous faites pas un exposé, je vous en prie…

Le directeur, mathématicien de formation, considérait toutes les sciences humaines sans exception comme des pseudosciences et les méprisait ouvertement.

Puisque le directeur n'avait pas réagi comme elle le voulait, Sabrina avait « repris ses esprits » de façon rusée et commencé à parler dans son langage répugnant et peu conciliant, caractéristique de la TCC et du reste de la clique thérapeutique. Elle avait décidé de s'adresser à moi à nouveau.

— Monsieur Tumanov, vos émotions sont de toute évidence piégées derrière votre muraille intellectuelle. Si vous pouviez relâcher ne serait-ce qu'un peu votre résistance rationnelle et permettiez à vos émotions de se libérer, je suis sûr que vous seriez bien moins imperméable aux innovations dans l'enseignement et je suis convaincue que vous vous sentiriez beaucoup mieux dans votre peau.

— Vous vous trompez, chère collègue, si vous pensez que derrière ma soi-disant *muraille* il y aurait des émotions puériles pures et intactes. Je vous assure que dans chacun des blocs, chacune des briques, de ma soi-disant muraille, j'ai investi toutes mes émotions et toute ma passion, et les espaces derrière cette muraille, dont vous parlez si habilement, reposent dans leur parfait néant.

Le bureau du directeur était décoré de grandes photographies encadrées de scientifiques : Einstein, Bohr, Heisenberg, Eddington, Hubble…

J'ai profité de ce moment propice pour jeter un coup d'œil sur les photos en question et paraphraser Einstein, qui avait dit en son temps que la vraie valeur d'un homme se déterminait en examinant dans quelle mesure et dans quel sens il était parvenu à se libérer du Moi.

— Voilà, avais-je ajouté, les grands qui ont effectué des percées incroyables dans la structure du monde physique n'ont pas perdu leur temps et leur énergie à s'occuper d'eux-mêmes. La concentration sur sa propre personne est soit inutile, soit dénuée de sens. Prenons par exemple la psychanalyse...

Sabrina s'était levée brusquement, demandant au directeur « est-ce que nous en avons fini », et comme il avait simplement hoché la tête, elle avait quitté son bureau en colère.

Je m'étais levé également en annonçant avec courtoisie que je ne voulais plus lui faire perdre son précieux temps. Le directeur m'a arrêté devant la porte de son bureau, m'a fermement saisi le bras et murmuré d'une voix enjouée :

— Cette folle devrait un peu plus fréquenter cet organe sacré, vous n'êtes pas d'accord ?

Il m'avait pris au dépourvu, parole d'honneur.

5

Sur le chemin du retour à la maison, j'ai à nouveau été pris par cette *sensation*. Après plusieurs semaines d'automne particulièrement brumeuses, froides et humides, le soleil avait fini par faire son apparition. Le temps s'était brusquement réchauffé à l'approche de l'Avent. Auparavant, je maugréais contre l'obscurité et le gris, j'attendais avec impatience le soleil, je déplorais les jours de plus en plus courts et dès que la lumière et la chaleur s'étaient répandues dans toute la ville, j'ai à nouveau été pris par cette *sensation.* J'avais mal aux yeux à cause de la lumière, je peinais à maintenir les paupières ouvertes. Je ne pouvais me frayer un chemin au milieu de la foule qui était dispersée dans le centre-ville. Il m'était difficile de me tenir à côté du feu. Difficile de donner des cours. Et encore plus difficile de communiquer avec les étudiants tout comme avec les collègues. Il m'était compliqué de penser à l'avenir qui, de toute façon, n'apporterait rien de nouveau. Je ne voulais pas de soleil, je ne voulais pas de nuages, et je ne voulais pas non plus de futur. Je ne souhaitais que me coucher dans mon lit et qu'on me laisse tranquille.

Nina était revenue du travail avant moi. Les mardis, lorsque je bossais l'après-midi, elle rentrait à la maison avant moi, mais cela n'arrivait presque jamais. À la porte, j'avais été accueilli par une odeur de nourriture préparée, ce qui n'arrivait que très rarement. *L'odeur d'une femme à la maison.* Peu habituée aux tâches ménagères, Nina avait semé la pagaille : des épinards à la crème cuisaient sur le feu, une dinde rôtissait dans le four, la fumée se répandait à travers l'appartement, ça sentait les oignons frits, le plan de travail était recouvert de légumes et d'épices en tout genre et l'évier débordait de casseroles et de poêles... Nina ne savait pas où donner de la tête, elle avait une brûlure à l'avant-bras et une grimace douloureuse sur le visage. Pour ma part, le dîner était excellent. Mais Nina était en colère, car « rien ne s'était passé comme elle l'imaginait ». Elle avait sans doute l'intention de passer une *soirée romantique* avec moi ; une jolie nappe, des bougies parfumées, les quintettes à cordes de Boccherini, des fromages français... L'atmosphère était censée être stimulante. J'aurais dû être heureux. Mais au lieu de ça, j'ai vécu l'ensemble de ce décor comme un fardeau supplémentaire et inutile dans une journée déjà pénible. Quand je suis entré dans l'appartement, une mallette dans la main droite, et dans la main gauche des bouteilles de deux litres de rosé qui tremblaient et s'entrechoquaient dans des sacs doublés, je savais que j'étais sur le point de me coltiner une dispute, ou du moins une conversation ennuyeuse. Mais dans les circonstances présentes, mon comportement avait provoqué l'indignation et une extrême déception. Bref, j'avais gâché la soirée. Je n'avais pas eu à l'esprit que Nina avait prévu qu'on « essaye de nouveau » ce jour-là, car dès le petit matin, je n'avais à l'esprit que l'idée de m'enfiler une tablette de Xanax avec deux bouteilles de rosé bon marché et de m'endormir sous la couette en position fœtale.

Je ne sais pas exactement à quel moment nous avons arrêté de communiquer. L'intérêt mutuel sincère des partenaires diminue inévitablement à un certain stade de leur vie commune. Certains couples sont touchés bien plus tôt que d'autres, mais cela arrive à tout le monde, sans exception. Des périodes de réchauffement occasionnelles, éblouissantes et de courte durée peuvent raviver pendant un instant l'intensité des sentiments des premiers jours, cet étrange rayonnement latent qui réfléchit le silence sans fin des espaces sidéraux sur la vie primitive et turbulente du cosmos succédant immédiatement au Big Bang. Les partenaires n'en sont que plus tristes, car comme l'avait remarqué Boèce dans son cachot à Milan : le souvenir du bonheur passé est l'aiguillon du malheur présent. Un bonheur qui ne reviendra probablement jamais.

Cette fois, le problème ne venait pas seulement du fait que j'avais, comme d'habitude et sans prévenir, recommencé à boire. Nina souffrait de mon renfermement chronique, de mon indifférence et de mon manque de volonté à faire au moins un petit effort pour me réjouir, surtout quand on voit à quel point elle y mettait du sien. J'aurais aussi dû essayer d'être de meilleure humeur. J'en étais conscient, mais la conscience de soi-même n'aidait en rien, car non seulement je me sentais comme une merde, mais je devais aussi me sentir comme une merde, car je me sentais comme une merde. Nina voulait savoir ce qui se tramait dans ma tête. Pourquoi étais-je si déprimé et froid ?

— Ça m'a pris. Je pensais que ce ne serait pas le cas, mais ça me l'a encore fait, avais-je marmonné tout en mâchant à contrecœur des morceaux de dinde que j'arrosais de vin.

— Ça m'étonne ! Tu as volontairement raccourci de moitié ta thérapie il y a un mois de cela, ce que tu as évidemment fait uniquement pour pouvoir te remettre à boire, et maintenant tu t'étonnes d'avoir, comme tu le dis, été « pris ». Tu as prévu une consultation chez Vera ?

Nina s'acharnait nerveusement sur son steak.

— Mais je me sentais bien mieux, vraiment…

— Tu te sentais mieux grâce aux médicaments, et regarde-toi maintenant depuis que tu ne prends plus les doses prescrites. Imagine ce qui arriverait si tu venais à réellement arrêter ton traitement comme tu aimes si bien le répéter ? De quoi tu aurais l'air alors ?

— Je ne me sens pas bien pendant un putain de jour et tu en fais déjà tout un drame ! Toi aussi il t'arrive d'être dans un mauvais jour et je ne t'attaque pas pour autant !

— Maksim, ne relativise pas sur ton état de santé, s'il te plaît. Ça ne dure pas *un jour*, comme tu le dis. Préviens juste Vera, tu peux faire ça pour moi, si ce n'est pas trop te demander ?

— D'accord.

Nous avions fini de dîner en silence. Nina était sortie, un grand verre de vin à la main, fumer sur la terrasse. Je savais qu'elle n'allait pas abandonner son plan. Ce soir, nous devions « essayer de nouveau ». Lorsque Nina est revenue, j'étais déjà allongé dans le canapé avec le téléphone à la main et j'épluchais les forums à la recherche de témoignages de personnes qui essayaient d'arrêter les antidépresseurs. Rien que des expériences cauchemardesques. Entre-temps, Nina m'avait sauté dessus. Par je ne sais quel miracle, j'avais eu une érection et cette relation sexuelle fut convenable, mais elle était dépourvue de chaleur et d'émotion – ce n'était qu'une baise classique, une masturbation à deux dans le but de procréer. Et comme plusieurs fois auparavant, rien – un échec.

6

« Comment dormez-vous ? » C'était la première question de tout psychiatre consciencieux. Dans les milieux professionnels, il est connu que l'insomnie est le point de départ de toutes les maladies mentales. Dès que je commençais à me réveiller vers deux ou trois heures du matin sans raison, après seulement quelques heures de sommeil, je savais que je devais prendre rendez-vous avec le docteur Vera. Si je prenais au sérieux tout ce qui me passait par la tête à cette heure de la nuit, j'accueillerais l'aube dans un état de conscience obscurci. C'était souvent le cas. La psychothérapie n'y changerait rien. Elle ne peut éventuellement aider qu'en cas de solitude extrême. Mais toute psychothérapie, quel qu'en soit le modèle théorique, ne se résume-t-elle pas à cela – louer des amitiés contre de l'argent ? Si le thérapeute est pour ainsi dire respectable, alors cinquante minutes de sa patience, de son écoute active, de ses commentaires et conseils réfléchis et bienveillants, coûtent environ quarante euros. En ce sens, je pense que la psychothérapie est semblable à la prostitution, les péripatéticiennes louant leur corps pour de l'argent, et les thérapeutes leur âme. Pourtant, il est injuste que les prostituées qui louent leur corps soient mises au ban de la société alors que ceux qui louent leur âme jouissent d'une bonne réputation. Et il ne fait aucun doute que les premières ont beaucoup plus contribué à la santé mentale de l'humanité que les seconds.

Cependant, la pharmacologie associée à un mode de vie sain donne des résultats. Mais ce n'est pas simple. Il faut d'abord traverser une période de suffisance, pendant laquelle le patient se raconte à lui-même qu'il n'a rien, qu'il peut surmonter ses problèmes par ses propres moyens, sans l'aide de personne ou de la moindre ordonnance. Mais le plus incroyable est la résistance aux traitements, qui repose sur la peur d'un possible changement de personnalité. Si seulement il existait un médicament qui puisse faire cela, c'est-à-dire changer la personnalité. Qu'est-ce que je ne donnerais pas ! Qu'ont-elles de si précieux pour que nous les conservions à tout prix ? Jusqu'à présent, je n'ai rien pu trouver chez l'être humain si ce n'est un mélange unique de néant et de vanité. Néanmoins, dès qu'un symptôme familier ou inconnu fait surface, mon comportement suit le même schéma insensé :

1. Je constate que je ne vais pas bien.
2. Je cherche ce qui ne va pas.
3. Je demande des conseils et des ordonnances.
4. J'ignore les conseils et les ordonnances.
5. Je bois.
6. Mon état empire.
7. J'accepte les conseils et les ordonnances de Vera.
8. Au bout de quelques semaines, je redeviens un malheureux promoteur de la pharmacothérapie.

J'ai dit à Vera que Viktor s'était pendu, que nous étions à l'enterrement et que presque tout le monde m'avait regardé de travers, que moi et Nina essayions sans succès d'avoir un enfant depuis deux ans et demi, que cet échec avait des conséquences catastrophiques sur notre relation, que je n'étais plus en mesure de travailler, que je n'étais plus en état de me réjouir, que j'avais le souffle court et que j'étais pris par d'étranges crises de démangeaisons, sans parler des douleurs fantômes sur le corps, qui m'obligeaient à croire que j'étais mourant, mais il était hors de question que je consulte un médecin car je ne voulais pas me retrouver avec un diagnostic ou un pronostic du type « il ne vous reste plus que trois-quatre mois, dans le meilleur des cas ».

À la place du Zoloft et du Xanax, on m'a donné de la Venlafaxine et du Lexomil, que je devais prendre si besoin, en cas d'anxiété ou d'étouffement, c'est-à-dire de crises d'angoisse.

Que devais-je faire de Nina ? Nous étions déjà allés à Prague à deux reprises, c'est dans une des meilleures cliniques de cette partie du globe que nous avions tenté une fécondation in vitro, mais les deux essais s'étaient soldés en échecs. Tout cela nous avait coûté environ dix mille euros, frais de transport et d'hébergement compris. Un spécialiste de la fertilité renommé en République tchèque nous avait annoncé sans détour, après nous avoir auscultés séparément, que tout allait bien, que nous étions tous les deux aptes à nous reproduire, mais que « nous n'étions pas compatibles ». En d'autres termes, Nina et moi pouvions facilement avoir des enfants avec d'autres partenaires, mais pour des raisons anatomiques ou génétiques (je n'ai pas bien compris), nous ne pourrions pas en avoir ensemble. Notre mariage ne s'était pas encore remis de ce diagnostic médical abrupt. C'est comme si la nature elle-même déclarait que nous n'étions pas faits l'un pour l'autre, et que nous devions nous séparer au plus vite car il ne nous restait plus beaucoup de temps.

Certaines personnes ressentent le besoin de se faire passer pour aliénées. D'un autre côté, je devais faire semblant d'être normal. Et je suis devenu un expert en la matière à tel point que l'apparence de normalité que j'arborais pour les évènements de circonstance, tels qu'un anniversaire, des fêtes religieuses, des événements scolaires, des mariages, des réceptions, etc. – m'amenait même à surclasser les personnes les plus banales, menant des vies tout ce qu'il y a de plus normal et dont les pensées étaient consacrées aux choses les plus normales, comme le salaire, la carrière et le bien-être matériel. Si seulement vous entendiez avec quelle conviction je m'exprime dès qu'il est question d'inflation, d'épargne en devises, de nouveaux immeubles de qualité ou non, des Volkswagen très prisées par les voleurs de voitures, ou des Toyota qui étaient injustement sous-représentées sur notre marché. En bref, j'avais appris à raconter des conneries en société et à faire semblant de comprendre des choses auxquelles je ne comprenais rien, j'avais pour ainsi dire appris à singer la normalité.

« Tu n'es pas normal ! » C'est ainsi que Nina a réagi quand je lui ai fait savoir que je n'avais plus l'intention de prendre mes médicaments.

« C'est tout ce qui t'intéresse, que je sois normal, peu importe le fait que les médicaments s'attaquent à mes sentiments, raccourcissent leurs sommets, me maintiennent dans un état sans extase, sans exaltation, sans jouissance… »

« … et sans tristesse, sans ressentiment, sans crise de colère… », n'avait-elle pas manqué d'ajouter.

Nous sommes restés silencieux pendant un moment. Nina s'était coupée en préparant une salade. La blessure n'était pas profonde, mais elle saignait abondamment. Même sans cela, je me sentais déjà assez coupable. J'avais promis que je ne ferais rien par moi-même et que je m'en tiendrais à la thérapie prescrite.

7

Cela faisait trois jours de suite que je me rendais au centre de santé le plus proche pour des thérapies inhalatoires. À côté de moi, une femme étrangement pâle et maigre suivait la sienne. Je l'avais reconnue. Je l'avais déjà vue au troisième étage en train d'attendre le début d'une réunion de groupe qui venait en aide aux patients voulant se défaire de leur addiction à la nicotine. Au-delà d'elle, il y avait ici toute une galerie de personnages hauts en couleurs. Je les avais observés attentivement en attendant que l'ORL me reçoive. Ils tenaient tous des dossiers méticuleusement préparés avec du matériel de propagande, qui ne semblait pas concerner exclusivement la lutte contre le tabagisme, mais surtout une guerre féroce contre les fumeurs, dont la conscience, en plus d'être accablée d'un sentiment de culpabilité en raison des maladies frappant les organes internes et les vaisseaux sanguins, voyait peser sur elle l'état de santé des enfants et, accessoirement, de tous les malades qu'ils croisaient. Celui qui se plongerait dans ces documents n'aurait d'autre choix que d'allumer une cigarette pour évacuer temporairement le stress.

D'un point de vue générationnel, ce groupe était dominé par des personnes nées dans les années 1950. Dans leur cas, le tabagisme était traité comme une question de vie ou de mort, car presque tous étaient gravement malades et beaucoup sortaient d'opérations sérieuses (tumeurs, maladies cardiovasculaires, etc.). L'un d'eux avait quitté la réunion à deux reprises pour faire une pause cigarette. Il s'agissait d'un homme à l'apparence peu banale ; baraqué, les cheveux grisonnants et épais, le regard pétillant d'un jeune homme – la rage lui sortait des yeux. Il n'avait pas l'air malade, mais lorsqu'il s'est mis à parler, tout semblait très clair. Cet homme parlait de façon incompréhensible, il prononçait à peine ses phrases, j'avais du mal à le comprendre, mais j'ai appris qu'il avait dû subir trois opérations à la gorge car on lui trouvait sans cesse « une nouvelle merde » près des cordes vocales. Sa femme l'avait forcé à venir dans ce « groupe débile », comme il le disait si bien, et il le faisait pour elle, mais il collectait aussi de l'argent pour son « dernier voyage » en Suisse ou aux Pays-Bas. Il parlait d'euthanasie sans ferveur, sans émotion, c'était quelque chose de banal et, de plus, inévitable après que la vie avait épuisé les dernières ressources de la jouissance. Il avait passé la moitié de son existence en Occident et affirmait que tous ses pairs pensaient de la même manière. J'étais touché par ces vieux soixante-huitards, qui s'en tenaient fermement à la logique de leur vision du monde ; la souffrance n'avait aucun sens, la vieillesse non plus, la vie ne valait la peine d'être vécue que tant qu'il était possible d'en profiter, donc lorsque vous êtes jeunes. Mais si vous êtes vieux et malade, alors vous ne pouvez plus en jouir. Il est temps pour vous de partir, aussi dégoûtante que soit la pensée de la mort.

Une autre personne de ce groupe avait attiré mon attention parce qu'elle avait l'air d'un intrus, ou plus simplement d'un fainéant, un genre bizarrement curieux, pour autant que je sache. C'était une jeune fille d'une vingtaine d'années, d'un extérieur particulièrement agréable soit dit en passant, qui avait l'air en très bonne santé et soignée. Je l'avais entendue se plaindre auprès d'une amie plus âgée du groupe que toute sa vie dépendait de la première cigarette qu'elle fumait dans la journée. Si elle parvenait à se réveiller sans allumer sa première cigarette, alors elle passait la journée à se nourrir sainement, se rendait à l'heure à l'université et y passait sept à huit heures de qualité à se préparer pour les examens, etc. Cependant, si par hasard elle allumait une cigarette avec son café matinal – sa journée entière était inévitablement vouée à l'échec. Elle ne pouvait plus rien faire d'utile pour elle-même ou pour les autres. Elle enchaînait les clopes, ne mangeait pas ou laissait place à la malbouffe, ne révisait pas, devenait aussi irritable qu'un « chat de gouttière », se disputait avec ses parents, ses amis, se saoulait le soir et baisait avec des inconnus. Lorsqu'elle a retroussé ses manches, j'ai aperçu des cicatrices sur son avant-bras. Cette ravissante jeune fille ressentait le besoin de se mutiler comme il se doit de temps en temps. Une folle à lier. Elle m'a beaucoup plu. J'avais ressenti un désir fou de l'approcher et de l'inviter à prendre un café, mais je n'en avais pas eu le courage. Et puis j'avais de la morve au nez sans arrêt. Que pouvais-je faire avec elle, alors que je ne ressemblais à rien ?

À l'extérieur, une tout autre atmosphère régnait. Les journées avaient déjà bien raccourci, la lumière avait changé de ton, mais les températures étaient au-dessus de la normale en cette période de l'année, et il m'arrivait même, au soleil, d'avoir chaud. Les gens se pressaient devant les vitrines dans les rues : gais, joyeux, d'humeur festive, ils se ruaient faire les courses et prenaient un café ou un vin chaud entre amis. Les vendeurs de saucisses et de confiseries avaient très rapidement ouvert leurs échoppes improvisées, qui rappelaient vaguement les marchés de Noël des pays germaniques ; en raison du temps inhabituellement chaud et sec, les terrasses des cafés étaient bondées, les chats étaient couchés sur les balcons, la fièvre des fêtes de fin d'année secouait les passants, moi aussi, et pas qu'un peu je dois dire. Je marchais lentement et avec incertitude près des passants pressés, mes membres étaient alourdis de tristesse et d'ennui, des pensées suicidaires me traversaient l'esprit. Je me suis souvenu d'un ancien collègue, qui remplaçait la professeure de physique partie en arrêt maladie, et qui une fois, à l'heure de la pause, avait dit que j'avais « l'aura d'un homme suicidaire » au beau milieu de la salle. Je marchais le long des trottoirs pavés tandis que la pensée d'avoir l'aura d'un homme suicidaire me travaillait. J'étais furieux contre ce jeune collègue insolent. Qu'est-ce que ça lui apportait ?! Comment avait-il osé me dire une chose pareille ?! De quel droit pouvait-il me lancer à la gueule une telle remarque qui était non seulement impolie, mais aussi agressive ? Et pourquoi étais-je resté de marbre sur le moment ? Et s'il pouvait voir quelque chose que je ne pouvais pas voir, moi ? Et si cet ancien collègue était doué d'un don de prophétie et qu'il avait vu mon avenir ? Donc, je vais me suicider. Cet hiver ? Ces jours-ci ? Aujourd'hui ?

J'ai appelé Mila. Elle a refusé mon appel, m'a écrit qu'elle était à une réunion, qu'elle ne pouvait pas me parler dans l'immédiat, et qu'elle me rappellerait plus tard. D'accord. J'ai appelé Irena. Elle n'a pas répondu. Je l'ai appelée encore une fois. Pareil. D'accord. J'ai pris place sur une des terrasses d'un de ces restaurants réputés pour son café, dans la rue du roi Pierre. J'ai épluché mon répertoire en pensant à la prochaine personne que je pourrais appeler. Il y avait des gens qui auraient aimé m'entendre. Mais est-ce que ça aurait été le cas pour moi ? À un moment donné, alors que je me demandais quelle compagnie je voudrais bien attirer, j'ai soudain reçu un appel de Nenad. Je ne lui ai pas répondu. J'ai continué à scruter mon répertoire. J'étais presque ravi en réalisant que j'avais complètement oublié Goran. Eh bien oui, je pouvais à nouveau le fréquenter ! Je l'ai appelé et il a immédiatement répondu. Mon vieil ami m'avait très vite rejoint ! Nous n'avons pas longtemps traîné dans la rue du roi Pierre. Il m'avait dit connaître un pub situé un peu à l'écart, non loin du Parlement. J'ai très vite perdu la notion du temps. J'avais aussi perdu la raison quelque part entre la cinquième et la sixième tournée de bière, lorsque deux collègues de Goran se sont jointes à nous. J'ai immédiatement pris l'initiative ; je riais, flirtais, j'étais détendu et drôle, ouvert à toutes les options. Et c'est ainsi que j'ai perdu la raison et la notion du temps. Je n'ai pas appelé Nina, je n'ai pas répondu à ses messages. Je suis rentrée à la maison vers cinq heures du matin. Elle était réveillée. Je me suis écroulé dans le lit en faisant semblant de ne pas l'avoir remarqué.

8

Dès que j'ai repris mes esprits le matin, je me suis senti comme la dernière des merdes. Je n'avais que de vagues souvenirs de la veille. Il ne m'en fallait pas plus pour être pris de crises de remords extrêmement douloureux. J'avais mal au crâne, ma gorge me faisait mal, j'avais du mal à respirer. Ça ne m'étonnait pas, j'avais fumé pas moins de cinquante cigarettes hier soir. À quoi bon ces thérapies inhalatoires tous les jours ?! Nina, comme d'habitude, se préparait pour le travail. Petit-déjeuner, café, douche, puis elle s'habillait. Cette fois sans moi. J'étais allongé dans mon lit tel un cadavre, je faisais semblant de dormir, même si je ne pouvais pas trouver le sommeil – j'entendais chaque bruit que faisait Nina, et je ressentais chacun de ces sons comme un terrible reproche. Oh non, hier soir, en étant ivre, j'ai promis à la collègue de Goran que j'allais l'emmener à une exposition aujourd'hui, puis à un concert, et pour finir, dans un hôtel spa, où on pourrait baiser dans le jacuzzi, entourés de pétales de rose, avec une bouteille de champagne et un pichet d'alcool, que j'aurais fait passer en douce dans ce baisodrome. Oh non, je me souviens maintenant ; elle m'avait parlé de papillons dans le ventre. Je t'en ficherais des papillons, ce n'est que de la vermine puante, il faut les écraser ! Je ne lui avais quand même pas laissé mon numéro ? Je n'osais pas vérifier mon téléphone ; la pire des choses à faire maintenant serait de le prendre et de lire toutes les bêtises que j'ai pu lui envoyer. Oh non, qu'est-ce que je lui avais raconté comme conneries ! Un homme envoie ce genre de messages sentimentaux peut-être une fois dans son existence, et seulement à la femme de sa vie, et non à un thon qu'il s'est tapé en passant dans les toilettes humides et enfumée d'un pub. Pas encore, Maksim ? Tu m'as déçu, Maksim, terriblement déçu !

J'ai passé la journée à me sentir sale et atrocement vulnérable. Et si la collègue de Goran se mettait à me harceler au téléphone ou à m'envoyer des tas de messages ? Et si elle trouvait mon adresse et venait à ma porte ? Je n'ai pas osé allumer mon téléphone jusqu'au soir. J'ai appelé Goran depuis mon fixe, lui demandant de me raconter en détail tout ce que j'avais fait et dit la veille. Je ne savais pas si c'était une sorte de mécanisme de défense, ou simplement un stade avancé d'alcoolisme, mais j'avais toujours des trous noirs après une nuit de biture. Ces trous noirs étaient suspects, car je n'oubliais, en règle générale, que les détails pas trop traumatisants pour ma conscience, incapable que j'étais de trouver une justification morale à de tels comportements. Goran ricanait en parlant de mes crises d'ivresse, l'une après l'autre, et moi je rétorquais à chaque fois : « Arrête ! T'es mauvais ! Tu me tortures ! » Il me demandait alors si je voulais qu'il s'arrête et, au contraire, j'exigeais fermement de lui qu'il poursuive et qu'il expose tous mes actes dans les moindres détails. Goran riait car il me connaissait bien ; en réalité, il ne s'était rien passé de terrible, mais il suffisait de peu à mon hypersensibilité, pour que je sois pris d'une crise de remords. « Pourquoi tu ne m'as pas attaché au radiateur ?, avais-je crié. Pourquoi tu ne m'as pas collé du ruban adhésif sur la bouche ? Pourquoi tu ne m'as pas enfilé une camisole ? » Goran pleurait de rire, il était de bonne humeur, car il avait l'impression que nous avions fait un voyage dans le temps – nous étions revenus des années en arrière et tout s'était passé selon le vieux schéma bien connu ; la beuverie, les aventures avec les femmes, mes crises de remords. Il était clair pour moi que Goran était resté piégé dans cette époque et qu'elle lui manquait terriblement. Non seulement cette période ne me manquait pas, mais au contraire, la régression inattendue vers ces atavismes de jeunesse me semblait être un cauchemar. Était-il possible que cette hyène atroce sommeille toujours en moi ? Était-il possible que rien, mis à part mon aspect extérieur, n'ait changé ? Je n'ai pas osé bouger du lit. Je n'ai même pas pris de douche. J'ai regardé toute la saison d'une série américaine stupide du début à la fin. Puis j'ai joué à d'anciens jeux de stratégie sur mon PC portable et je me suis branlé plusieurs fois en profitant des premières œuvres de Mario Salieri. Le soir-même, je voulais me poignarder avec un couteau de cuisine.

Alors que Nina était sur le point de rentrer du travail, je pensais à ce qui avait coincé entre nous. Et à quel moment ? Nous avions été confrontés à des crises majeures. À plusieurs reprises, nous avions failli rompre. Il était même question de déménagement et de répartition des obligations financières (les dettes s'étaient empilées). Mais, malgré toutes ces périodes difficiles, je n'avais jamais ressenti mon affection décroître. Cette fois-ci, mes tripes me disaient le contraire. Et cela durait depuis des mois. Nina ne m'aimait plus. Je ne savais pas si c'était le résultat d'une évolution progressive et lente, ou si c'est Nina qui était devenue froide à mon égard. Il n'y avait pas cette inimitié amère, qui n'est souvent que le partenaire de l'idéalisation caractéristique du phénomène amoureux. Nina, pour la première fois depuis notre rencontre, me voyait de *façon réaliste*, sans mépris et sans idéalisation, comme je suis, avec toutes mes vertus et mes défauts. Et l'homme que je suis est devenu un étranger à ses yeux. J'ai avalé dix milligrammes de diazépam et je me suis endormi avant qu'elle ne rentre du travail.

Je me suis réveillé vers une heure du matin. Enfin sans mal de tête. Nina dormait comme une souche et respirait profondément tout en me tournant le dos. Je me remémorais le rêve que je venais de faire. J'étais au cimetière de Čačak, au beau milieu de la nuit, avec la mère de Viktor. Nous nous rendions au caveau de leur famille. Elle portait un panier en osier rempli de nourriture et me parlait de l'accouchement facile qu'elle avait eu avec Luka, alors qu'avec Viktor, elle pensait que la douleur allait la rendre folle. « Malheureusement, Viktor a pris de son père qui a été emporté par l'alcool. » Quand nous avons finalement atteint le tombeau, nous avons remarqué sans surprise que les pierres tombales avaient été déplacées, que les cercueils étaient vides et qu'avait été dressée pour l'occasion une table où étaient assis Viktor, son père décédé depuis longtemps, Nina, Rastko, Marta, Goga, Goran et une foule d'inconnus. La mère de Viktor avait commencé à sortir la nourriture du panier ; du pain, des œufs durs, de la viande séchée, du fromage maison, des gâteaux, etc. Tout le monde était heureux. En me voyant, Viktor s'est brusquement levé et m'a enlacé avec ses bras musclés, tout en me demandant : « Où est-ce que tu étais passé tout ce temps-là ? » Je suis immédiatement tombé à genoux et j'ai serré ses jambes de toutes mes forces, le suppliant de me pardonner pour tout… Je pleurais. Viktor m'a levé, a ri, disant qu'il ne comprenait pas « ce que je racontais » et que je devrais « arrêter de balancer des conneries ». Et tout à coup, nous n'étions plus dans le cimetière, mais au bord d'une rivière étroite, peu profonde, rapide et froide. Toute la compagnie s'amusait à larguer des petites barques faites de courges, avec des couronnes de fleurs et des bougies allumées au centre. La rivière brillait, le chant des oiseaux s'échappait de la forêt, le spectacle était digne d'un conte de fées. Viktor a posé sa main sur mon épaule et m'a dit : « Regarde-moi cette beauté, n'est-ce pas incroyable ? » Très vite après mon réveil, je me suis rué dans la salle de bains et j'ai pleuré en m'accoudant au lavabo. J'essayais de ne pas réveiller Nina avec mes sanglots.

9

Le lendemain matin, Nina et moi avions fait comme si de rien n'était. C'était comme si je n'étais pas sortie la veille, sans lui dire où et avec qui j'étais. Je n'avais même pas répondu à ses messages. Elle ne m'avait rien demandé, et n'avait aucun commentaire à me faire, mais j'avais l'impression qu'elle m'avait définitivement rayé de sa vie. J'étais une sorte de parodie d'homme, qui ne méritait pas le respect, qui ne méritait pas une once d'empathie. Nous avions pris le petit-déjeuner et échangé des informations insignifiantes sur l'heure à laquelle devait passer la femme de ménage, les produits d'hygiène qu'il fallait que j'achète en revenant du boulot et la date à laquelle il faudrait verser l'acompte au voisin du rez-de-chaussée pour l'entretien de la cour. À un moment, au milieu de cette conversation banale, qui était en même temps entourée d'un impénétrable nuage de déception aigre, Nina m'avait indiqué au passage qu'elle irait retrouver Marta et Goga le soir, après le travail et qu'elle ne savait pas quand elle rentrerait. Elle songeait même à passer la nuit chez sa mère, car c'était plus « pratique » pour elle, elle irait dans un pub à Zemun, non loin du domicile maternel près de la rue Tošin bunar. Elle allait peut-être même y rester quelques jours. Elle ne l'avait pas annoncé dans le but d'en discuter, mais de manière catégorique, comme s'il ne s'agissait que de ses décisions, dont je n'avais pas le droit de me mêler. En bref, Nina avait décidé de prendre des mesures réciproques. J'étais à grand peine venu à bout de mes flocons d'avoine, que je mangeais comme si c'était de la merde.

Avant qu'elle ne quitte la maison, sur son trente-et-un et maquillée de façon inhabituelle, Nina m'avait fait remarquer avec indifférence qu'en plus des factures, il y avait une lettre du tribunal qui m'était adressée. Elle était partie sans dire au revoir. Devais-je avaler du diazépam ou cent grammes de vodka[1] ? Je devais travailler l'après-midi, et si je débutais la journée avec de l'alcool fort, je déconnerais à plein tubes à l'école. J'ai pris du diazépam. L'enveloppe du tribunal, oui. Peut-être avais-je conduit en état d'ivresse cette nuit-là et que je ne m'en rappelais pas ? Peut-être avais-je écrasé quelqu'un sur la route et que j'avais pris la fuite ? Il y avait des caméras partout en ville et tout était à coup sûr enregistré. Mais je n'avais pas conduit cette nuit-là. Je le savais avec certitude. Peut-être

1 L'auteur a vécu en Russie où l'alcool se sert au gramme.

qu'un parent indigné avait déposé une plainte à mon encontre ? Mais cela n'aurait-il pas dû en passer d'abord par une procédure disciplinaire à l'école, et seulement ensuite une poursuite par les autorités judiciaires ? Dans tous les cas, une enveloppe du tribunal ne disait rien qui vaille, mais ces ennuis n'étaient pas du genre à provoquer des changements tectoniques dans la vie, aux conséquences comparables au plus fort des tremblements de terre. Cependant, c'est exactement ce qu'il s'est passé.

Passons-nous du langage bureaucratique, une certaine Jelena Matijašević avait engagé des poursuites à mon encontre, exigeant l'établissement d'un lien paternel par une expertise médicale et un test ADN. Le nom de cette personne ne me disait absolument rien. Jelena Matijašević, Jelena Matijašević... Je l'entendais pour la première fois. La collègue de Goran était-elle malveillante au point de me faire ce sale coup ? Ou était-il question d'une blague particulièrement vicieuse d'une de mes anciennes élèves, que j'avais déçue ? Tout était possible, mais certainement pas que quelque part respire et me maudisse un enfant dont je serais le père, et ce, sans que je sois au courant. Quelle pensée terrible et effrayante. J'ai appelé le directeur adjoint et lui ai annoncé que je me mettais en arrêt maladie. J'ai alors avalé une double vodka, et encore une autre.

Quelques minutes plus tard, j'ai appelé Nenad, qui avait travaillé pendant des années comme inspecteur de police avant de terminer ses études de droit et se faire avocat. À chaque fois que je me trouvais en difficulté, je l'appelais, il avait de bons contacts en ville et le bras suffisamment long pour faciliter la vie même lorsque l'État, ou un individu arrogant, essayait de la complexifier. Le seul souci était que je ne l'appelais que lorsque j'avais des ennuis, sinon j'évitais, c'est pourquoi j'ai d'abord écouté cet homme d'expérience, qui nageait à travers la ville comme un requin, me faire la leçon. Nenad était mon aîné et il croyait que j'avais des capacités remarquables, comme si j'allais un jour devenir président, ou au moins ministre. De temps en temps, ses fantasmes flattaient mon égo et je les nourrissais consciemment avec mon talent à raconter des conneries. Je n'essayais pas du tout de dissiper ces fantasmes, parce que j'admirais la loyauté inconditionnelle et la compagnie de cet homme doué pour les armes et qui avait dû traverser tout un tas de situations inimaginables. Mais il ne comprenait pas que je n'avais même pas l'étoffe d'un fonctionnaire de seconde zone, alors encore moins celle d'un ministre ou d'un chef d'État. Si j'étais chef d'État, j'annulerais régulièrement mes réunions à cause de mes crises de mélancolie, qui me laissaient sans goût pour rien hormis la rêverie. Au lieu d'écrire la loi, j'écrirais de la poésie, aussi mauvaise soit-elle. Je ne me rendrais pas aux mornes commémorations officielles et aux dépôts de gerbes, je préférerais accompagner Daniel Harding aux frais de l'État, lors d'une de ses interprétations des symphonies de Mahler dans une salle de concert prestigieuse où son orchestre obéirait à l'unisson à son autorité, fruit de sa compréhension originale et profonde de la partition. Au cours de la première semaine de mon mandat, je conclurais très certainement un partenariat stratégique et une alliance militaire avec les Philippines. Je remettrais un doctorat honorifique à Rodrigo Duterte[1] et je ferais de Miroljub Petrović[2] le ministre de l'Éducation (en charge des fabriques à débiles). Une hypersensibilité innée et des dépressions constantes rendraient même la responsabilité d'enseignant bien trop lourde pour moi, et seule une personne inconsciente de son néant peut faire de la politique.

Après avoir donné quelques coups de téléphone, Nenad m'a contacté, il m'a tout de suite dit de ne pas paniquer, qu'il faudrait que je forme un recours qui ferait abandonner les poursuites, car les convocations aux audiences ne m'avaient pas été remises à temps (quelles audiences, bordel ?!), mais il m'a quand même demandé si je me rappelais où j'étais et ce que je faisais le 22 octobre 2003.

– Tu te fous de ma gueule ?, lui avais-je nonchalamment rétorqué.

– La nana qui a déposé plainte a déclaré avoir eu une relation avec toi ce jour-là.

– Mais je ne sais même pas qui c'est, comment veux-tu que je me rappelle ce que j'ai fait il y a quatorze ans ?!

– Ne t'en fais pas, la greluche a visiblement une case en moins. Tu n'es pas le seul à avoir été poursuivi. Il y a encore deux gars qui doivent faire l'analyse.

– Deux autres gars ?

– Ça te dit quelque chose, Rastko Lončar et Viktor Jokanović ?

1 Président des Philippines en fonction depuis 2016.

2 Docteur en philosophie connu pour ses nombreux passages à la télévision. C'est un partisan du créationnisme.

J'étais tombé des nues.

– Allô, tu m'entends ?

– Nenad, je te remercie, excuse-moi, je dois raccrocher, je t'appelle plus tard.

Le téléphone avait glissé de mes mains et était tombé par terre.

Quand Nenad avait prononcé les noms de Rastko Lončar et Viktor Jokanović, j'ai ressenti comme une décharge électrique ; une décharge qui m'avait immédiatement rafraîchi la mémoire. Cet automne-là, Viktor et moi avions à peine commencé à fréquenter Rastko qui, contrairement à nous, n'étudiait pas la philosophie, mais les mathématiques. Nous l'avions rencontré lors d'une fête dans l'appartement d'une collègue de la fac. Ce soir-là, Viktor était resplendissant dans sa chemise noire à moitié déboutonnée et débraillée de façon sexy, il était d'humeur festive, ce qui ne voulait dire qu'une chose : qu'il se précipitait, avec son sourire généreux au visage et sa passion dans la poitrine, vers sa propre autodestruction, avalant, sniffant, buvant et fumant tout ce qui lui passait sous son nez. Il était joyeux, direct, extraverti, mais ce qu'il disait était généralement sombre et pessimiste. Ce mélange de beauté et d'égarement, de charme et d'obscurité, d'esprit et de mépris de soi, avait eu un effet fatal sur Rastko. J'étais relégué au second plan ce soir-là et je croyais lui avoir laissé une impression diamétralement opposée ; celle d'un escroc et d'un coureur de jupons arrogant, qui flirtait avec cinq femmes à la fois. Contrairement à moi, Viktor était naturel et fort, comme un minéral, comme un chêne.

Le lendemain, Rastko et Viktor avaient pris un café pendant environ six heures. Six heures pour un café ! Viktor lui avait décrit en détail les relations difficiles dans sa famille dysfonctionnelle (un père activement agressif, une mère passivement conciliante), il lui avait raconté sa maladroite tentative de suicide pubertaire, lui avait présenté sa vision d'un monde dans lequel il n'y avait pas de place pour tout ce à quoi devait aspirer un jeune ; l'apprentissage, la réussite, la carrière, un mariage avec une fille de bonne famille, etc. Rastko était tellement secoué par les confessions de Viktor qu'il avait, de son propre aveu, passé le reste de la journée sur les toilettes avec d'affreux maux d'estomac. Il était resté assis sur la cuvette et avait fixé ses pieds de manière confuse. Au beau milieu de la nuit, Viktor, ivre, avait fait irruption dans la chambre de Rastko avec une bouteille d'alcool, l'avait regardé pieds nus et désemparé, ou plutôt désespérément amoureux, et s'était écrié : « I want to eat your beautiful feet ! »

À cette époque, Rastko et moi étions jaloux l'un de l'autre. Je grinçais des dents, parce que Viktor traînait Rastko partout avec lui comme une remorque, ce dernier quant à lui bouillait de rage, car presque aucune de leurs rencontres ne pouvait se passer sans moi et mon besoin compulsif de compagnie féminine. En fait, en y repensant, ce 22 octobre 2003 était une date très importante ; il s'agissait du jour où cette jalousie et cette tension anormales entre Rastko et moi s'étaient enfin calmées. La personne qui y avait contribué de manière décisive était la voisine renfermée de Rastko, une pauvre étudiante en tourisme venue d'un village des monts Golija, qui s'appelait Jelena Matijašević.

C'est étrange que j'aie pu supprimer cette soirée de ma mémoire sans m'en rendre compte. Et maintenant, tout me revenait, et pas uniquement cette soirée, mais aussi les sentiments qui allaient avec cette période. Je me souvenais très bien avoir été blessé parce que Viktor passait de plus en plus de temps chez Rastko. Parfois, il ne rentrait pas avant l'aube, avec la gueule de bois et pâle comme un chiffon, il me demandait alors quand débutaient les cours et les exercices d'éthique ou d'histoire de la philosophie, et moi je ne faisais que rire, car je savais que pour la fac, c'était râpé. Nous y allions éventuellement une fois par mois, pour nous rendre compte au bout d'une quinzaine de minutes que nous ne pouvions supporter cette atmosphère immonde, les tièdes professeurs et leurs lèches-bottes encore plus tièdes. Quinze minutes nous suffisaient pour fumer deux cigarettes chacun en présence de collègues de notre âge, qui nous voyaient comme deux cas sociaux, ce que nous étions, il faut le reconnaître, tous les deux. Heureusement, non loin de l'université, il y avait Le Rectorat, une taverne célèbre dont l'hôte aguerri et de la vieille école, l'Oncle Vesa, nous laissait boire à crédit. Il lui arrivait aussi de nous nourrir à l'œil. Les vagabonds comme nous se réunissaient là-bas et on pouvait y entendre plus de conversations philosophiques en une journée qu'en une année à la fac. J'exagérais peut-être. Pendant qu'à l'université, le système encombrant et bien trop coûteux encourageait des discussions plus que stériles, de véritables débats philosophiques avaient parfois lieu au Rectorat. À la fac, les « spécialistes » recueillaient leurs précieux points, alors qu'au *Rectorat* philosophaient des ratés. Cette différence était claire comme de l'eau de roche pour quiconque avait ressenti la morsure de la philosophie.

Au début, j'avais peut-être même été content que Viktor et moi nous nous voyions moins souvent. J'avais nettoyé le frigo, récuré la baignoire, appelé le plombier pour le robinet qui fuyait, arrangé à mon goût notre mignon petit studio en mettant de côté les créations artistiques de Viktor, divers dessins, portraits et croquis qui me sortaient par les yeux. J'avais trié les livres par genre et éditeur. J'avais siroté une à une les cinq bouteilles de blanc au frais, en rédigeant un mémoire sur le divertissement chez Pascal. Deux paragraphes un peu sensés avaient suffi pour boursouffler mon ego et me faire désirer une récompense immédiate avec une camarade que fascineraient mes capacités intellectuelles, ma facilité à écrire et ma queue dure comme un chêne.

Quelques jours précédant ce 22 octobre, Tijana était passée. Elle était si détruite sur le plan émotionnel, car ses parents divorçaient, que je n'avais aucune chance de me la faire ce soir-là. Elle m'avait étouffé avec son histoire de père absent et de mère trop dominante, qui s'immisçait partout. De ce que j'avais compris, la mère de Tijana était, entre autres, indignée contre le père parce qu'il ne s'intéressait à rien, ce qui se voyait clairement quand on savait que cet homme ne voulait pas s'acheter un nouveau téléphone, se contentant avec obstination d'un énorme modèle datant du siècle dernier. Cela ne pouvait pas être la raison du divorce, il devait y avoir un mécontentement plus profond, avais-dit à Tijana, même si je n'avais que faire de ses problèmes. Je ne sais pas si je l'avais réconfortée ce soir-là. Elle avait appelé un taxi à deux heures du matin et m'avait envoyé un message dans lequel elle me remerciait gentiment pour ma patience. J'étais déjà nu à cette heure-là, cherchant devant l'écran une misérable compensation, à défaut d'expérience réelle, dans des longs métrages de la catégorie *vintage*.

Le lendemain, j'avais attiré Mila dans l'appartement. Je l'avais habilement invitée à prendre un café quelque part en ville. Nous n'avions même pas bu la moitié du café que j'ai commencé à la persuader « d'améliorer » ce café avec de la vodka. Après le quatrième verre, j'avais commandé de la bière pour deux. Elle m'avait dit très bien comprendre ce que j'essayais de faire et qu'elle n'arrivait pas à croire que je lui faisais le même coup après tout ce qu'il s'était passé, elle s'étonnait d'avoir été si idiote et naïve au point d'avoir cru que je voulais juste prendre un café avec elle. Surpris par tant de résistance, j'avais dû imaginer l'histoire d'un chaton siamois qui nous avait été offert, à Viktor et à moi, par une amie, que ce pauvre chaton avait faim, car cela faisait plusieurs jours que Viktor n'était pas à la maison, et que puisqu'elle ne ressentait aucune pitié à mon égard, elle pouvait au moins passer à l'appartement pour ce chaton affamé. Je savais qu'elle ne résisterait pas à l'histoire féline. En entrant dans l'appartement, elle avait bien sûr compris que le chat n'était qu'une simple invention et manipulation, puis elle m'avait fait comprendre que je n'étais qu'un monstre. J'avais déboutonné son chemisier pendant qu'elle répétait que je n'étais qu'un monstre, ôté son soutien-gorge et commencé à lécher ses mamelons brun foncé et durs, alors qu'elle continuait à répéter que je n'étais qu'un monstre. Une bouteille de chardonnay fraîche nous avait permis de vivre de beaux moments ensemble. Mais après le deuxième orgasme, l'ennui me vint, et je repensais avec exaspération que Viktor m'avait trop facilement remplacé par un nouvel ami. Si au moins c'était un tombeur, mais ce n'était qu'un pantouflard, bon à rien, qui s'exprimait de manière incompréhensible. Un amour de mec. *Un être sensible*. Ah là là ! Il avait trouvé une nouvelle victime dont il se lasserait bientôt, comme il s'était lassé de toutes les précédentes. Il avait trouvé quelqu'un qui allait soupirer à son histoire tragique. Qu'est-ce qu'il m'énervait.

Ce 22 octobre était mal parti. Il ne me restait qu'une seule bouteille de chardonnay dans le frigo, je n'avais pas de quoi acheter ni alcool ni nourriture, mon mémoire sur Pascal était au point mort, mais le pire de tout était qu'aucune copine n'était libre pour venir traîner avec moi. J'épluchais mon répertoire et j'en étais arrivé à la malheureuse conclusion que les femmes que je désirais ne pouvaient pas ou ne voulaient pas de moi, tandis que celles qui étaient partantes, je ne souhaitais pas coïter avec. J'étais pris d'un ennui terrible. Et encore une fois, je ne pouvais m'empêcher de penser à Viktor et à son nouveau meilleur ami, Rastko. Quelle était cette grande et secrète joie qu'ils partageaient égoïstement ? Pourquoi était-ce toujours à moi de faire le premier pas ? Pourquoi Viktor ne m'appelait jamais de lui-même ? Comme s'il ne lui importait en rien que j'apprécie Rastko ou pas. J'étais passé outre ma fierté et j'avais téléphoné à Viktor. Il m'a dit qu'il était chez Rastko et qu'ils regardaient pour la cinquième fois un des récents concerts de Radiohead. La performance au Beacon Theater de New York était phénoménale et elle marquerait toute cette époque. Viktor m'avait demandé ce que je faisais de manière désintéressée. Je lui ai répondu que j'avais passé la nuit à baiser, mais que j'avais capitulé aujourd'hui avec mon programme et que j'attendais qu'ils m'invitent pour que je puisse me réchauffer au coin du feu de leur amitié homoérotique tordue. Rastko n'avait rien contre ma venue. Lui, imaginez cela, n'avait rien contre ma venue !

En arrivant dans l'appartement à moitié vide et pauvrement équipé de Rastko, où la vaisselle se faisait sous la douche car il n'avait pas assez d'argent pour réparer le robinet de sa petite cuisine, deux choses m'intéressaient :

1. Y avait-il de l'alcool dans la maison ?
2. Rastko pouvait-il appeler certaines de ses amies, séduisantes si possible, à se joindre à nous ?

Rastko m'avait proposé un café noir, fort comme tout, et une eau-de-vie maison cuite par son père. Viktor en avait déjà peut-être bu un quart de la bouteille de deux litres en plastique. Mais l'emballage ne devait pas induire en erreur ; il s'agissait d'une eau-de-vie de prune artisanale de qualité supérieure. Certes, plus forte que la normale, au-dessus des cinquante pourcents d'alcool. « On pourrait s'en mettre sur la plante des pieds », avait fait remarquer Viktor. Je m'étais mis à forcer les toasts à ma manière, Rastko aussi buvait, même s'il ne le faisait pas d'ordinaire, et très rapidement nous étions tous les trois bien éméchés.

« Les filles ! Où sont les filles !? » avais-je crié. Viktor me suppliait de me calmer, ce n'était pas le bon moment, mais il était toujours difficile de me raisonner. Rastko disait avoir plusieurs amies, mais qu'elles ne me plairaient pas. Je lui avais répondu être tellement excité que je me ferais la dernière des tombes. « Appelle-les ! Appelle-les ! » étais-je en train d'hurler. Rastko regardait Viktor comme s'il le suppliait, espérant que ce dernier aurait de l'influence sur moi. « Ça ne sert à rien, avait dit Viktor, il dit au revoir à son cerveau dès qu'il boit… Et si on appelait Jelena, la voisine du dessous… » avait-il ajouté avec un sourire malicieux, ce qui avait étonné Rastko, qui s'était contenté de froncer les sourcils et de lui lancer un regard plein de colère. Il n'avait pas prononcé un mot, on voyait qu'il était furieux à cause du changement dramatique d''atmosphère dont j'étais la cause. Il était tombé des nues, car il venait de voir à quel point mon influence sur Viktor était forte, malgré tout.

Viktor avait commencé à me parler de Jelena Matijašević, la voisine qui vivait dans l'appartement du dessous. Étudiante en tourisme à l'université des sciences et des mathématiques, elle passait ses examens dans les temps, elle était belle et séduisante, mais…

Mais quoi ? Quoi ?! Parle, charogne ! J'étais d'humeur à faire des folies. Mais… il lui manque un bras. Le gauche. Du coude jusqu'en bas. Ah ah ah ah ! Je riais comme un malade. Appelle-la ! Appelle-la tout de suite ! Rastko avait dit qu'elle était très polie, gentille et qu'il n'était pas question de l'impliquer dans nos jeux tordus. Je n'avais pas du tout essayé de supplier Rastko ni tenu compte de son avis, j'avais simplement quitté l'appartement, descendu un étage et sonné à la porte. Une magnifique fille aux cheveux noirs avec des cernes prononcés m'avait ouvert. Elle portait un survêtement en coton, des pantoufles et un simple chemisier bleu. Elle préparait un devoir en gestion hôtelière. Elle avait l'air triste, mais je me disais qu'il s'agissait plutôt de la caractéristique anatomique de son visage que de son humeur du moment. Avec une grande aménité, doublée d'une gentillesse extrême, comme moi seul pouvais le faire, je l'avais invitée à se joindre à nous pour assister à la magnifique performance de *Radiohead*. Rastko avait assuré qu'il n'y avait aucune chance qu'elle vienne car il n'avait jamais rencontré de créature aussi introvertie qu'elle. Cependant, qui pourrait résister à cette proposition alimentée par ma légendaire concupiscence ?

Ce qui m'avait excité au plus haut point, c'est qu'après dix minutes, elle était venue en pyjama, sans se faire belle, sans maquillage. Elle avait sur elle un coussinet avec lequel elle dissimulait habilement son défaut physique de naissance. Paradoxalement, ce défaut avait eu un effet inhabituellement stimulant sur ma libido. En moins de cinq minutes (sans exagération), je m'étais entièrement déshabillé, ce qu'avaient aussi fait Jelena et Viktor, docilement. J'étais assis à côté d'elle et j'avais posé sa main droite sur ma queue en érection. Elle me masturbait lentement et avec douceur. Il me semble que Viktor lui-même était surpris par la rapidité avec laquelle tout s'était joué. Nos frères déprimés d'Oxford avaient commencé à interpréter la chanson « I might be wrong. » Rastko ne pouvait pas croire ce qu'il se passait. Il était parti dans la salle de bains pour un moment. En revenant dans le salon, Jelena était déjà en train de me sucer, tandis que Viktor léchait son vagin juteux et parfumé. Entre temps, Rastko avait rasé ses couilles et sa queue, laissant une étrange coupe en spirale au-dessus. Nous nous étions moqués de lui en disant qu'il avait la main verte. À partir de là, Rastko avait, à ma grande surprise et à celle de Viktor, pris l'initiative. Nous ne savions plus qui baisait qui, qui suçait qui, qui embrassait qui, et enfin, qui éjaculait et où.

À l'aube, Jelena n'était plus là, Viktor et moi étions nus, à moitié endormis, nous nous débattions pour une couverture sur le canapé, alors que Rastko était assis immobile sur une chaise en face. Il avait la tête entre les genoux et fixait ses pieds de manière troublée. Sans Viktor et son sens de l'humour, grâce auquel il détendait et relativisait les événements de la nuit précédente, Rastko, d'angoisse, aurait sombré dans la folie.

Jelena Matijašević avait déménagé après quelques semaines. Nous ne savions pas où. Nous pensions qu'elle était partie après avoir trouvé un appartement moins cher en banlieue, ou qu'il lui était tout simplement insupportable de rester dans cet appartement après tout ce qu'il s'était passé. Le plus important pour nous, c'est qu'après cette expérience, notre amitié s'était renforcée, nous étions devenus trois amis inséparables, et nous avions complètement oublié Jelena Matijašević. Moi en tout cas, je l'avais oubliée. Jusqu'à l'arrivée de cette enveloppe du Tribunal judiciaire de Belgrade.

10

Contrairement à moi, Viktor et Rastko étaient hors de portée des autorités judiciaires serbes. Viktor, comme on aime à le dire, reposait en paix, tandis que Rastko travaillait à réaliser son fantasme d'émigration au Canada. Je ne sais pas pourquoi j'étais fermement convaincu que Viktor était le père biologique de la fille de Jelena Matijašević. Probablement parce que je l'avais toujours vu comme étant plus naturel, plus fort et plus fertile que moi. Ou peut-être que je souhaitais semi-consciemment que Viktor ait laissé une trace derrière lui dans ce monde. Mais il n'aurait certainement pas voulu d'une telle chose.

Nenad, l'avocat, avait insisté pour que je fasse les tests dans un laboratoire privé, appartenant à l'un de ses parrains, car j'obtiendrais ainsi plus rapidement et à un prix plus abordable les résultats, et je m'épargnerais par la même occasion une attente inutile et désagréable.

À l'accueil, j'avais été informé que les résultats étaient communiqués sous deux ou trois jours, et que la fiabilité était de cent pour cent. Dans le laboratoire du parrain de Nenad, on appliquait la technique la plus moderne pour déterminer la parenté. Elle était basée sur l'analyse de parties des chromosomes, c'est-à-dire la comparaison du profil génétique du père et de l'enfant, et la découverte d'une correspondance entre les deux. Pour cet examen, il fallait 5 ml de sang veineux, puis une analyse QF-PCR était réalisée à l'aide du Genetic analyser 3130 de l'entreprise Applied biosystems. Tout cela inspirait confiance. Les progrès fascinants de la science ne laissaient aucune place au doute.

Ainsi, après deux ans et demi de tentatives infructueuses pour un avoir un enfant avec Nina, à ma grande surprise, à trente-six ans, j'ai appris sans équivoque que j'étais le père d'une fille de treize ans. Du laboratoire, je me suis précipité directement dans un pub avec une seule idée en tête : me saouler. J'ai continué à boire le lendemain matin. J'ai bu pendant des jours. Nina m'avait appelé. Mes parents et mon frère aussi. L'école avait essayé de me joindre. Vera aussi. Nenad et Goran l'un après l'autre. J'avais également reçu les appels répétés d'un numéro inconnu. Je n'avais répondu à personne. En parallèle, j'écrivais à mes anciennes et nouvelles connaissances, je les emmenais dans des cafés et des restaurants, je faisais chauffer ma Mastercard, je m'ennuyais, faisais des scandales, saoulais des filles et les attirais dans mon lit. Je n'avais aucune idée du nombre de jours que j'avais passés à faire ça. Finalement, Nenad est venu à ma porte et a frappé avec fureur et violemment jusqu'à ce que je lui ouvre enfin, et en me voyant, il s'est adressé à moi de manière inhabituellement grossière, presque impitoyable.

« Regarde-toi !, s'était-il écrié. Tu empestes autant qu'un clochard. Allez, à la douche et vite, arrange-toi ! Une longue route nous attend. On prendra le petit-déjeuner sur la route. »

La simple mention de petit-déjeuner avait suffi à me faire vomir par terre. Je voulais ouvrir une bouteille de bière, mais Nenad ne m'avait pas laissé le faire. Oui, mon esprit était assombri par l'alcool, mais lorsque Nenad s'est mis à renverser les bières une par une dans la cuvette des toilettes, j'ai voulu saisir un couteau de cuisine et le poignarder.

Nous sommes partis pour les monts Golija vers dix heures. En route, j'ai vomi à plusieurs reprises dans un sac en plastique. J'ai aussi vomi à la station-service NIS. Je n'arrivais pas à regarder Nenad manger son omelette au bacon dans le restaurant de la station. J'ai pris un double expresso à la machine à café et je me suis éloigné des distributeurs d'essence pour fumer. J'avais trois appels manqués de Nina. Elle m'avait écrit quelques messages doux et conciliants. Elle était désolée d'avoir été si raide et égoïste, elle avait repensé à son comportement, à nous, elle souhaitait qu'on en discute sérieusement... Elle avait écrit qu'elle m'aimait, ce qui n'était pas arrivé depuis longtemps. Que pouvais-je lui répondre ? Que je me trouvais au milieu de nulle part, en route pour un village de montagne dans la région de Raška, où j'allais, dans l'état actuel des choses, rencontrer ma fille de treize ans ?!

Je gémissais littéralement pendant que nous escaladions les monts Golija. Les routes sinueuses ne pardonnaient pas. J'avais supplié Nenad de stopper sa voiture, de s'arrêter, de saisir son arme et de me tirer une balle dans la tête. Je n'en pouvais plus. Je ne pouvais plus vivre comme ça. Je ne me remettrais jamais d'une telle chose. Jamais.

Nous sommes arrivés vers trois heures de l'après-midi. Je ne me souviens pas avoir vu une forêt de conifères aussi dense auparavant. L'air était frais et vif. La terre était humide. Le ciel, plombé. Nenad s'est garé non loin d'un magasin, probablement le seul du village. Il admirait haut et fort la nature et l'air pur, tandis que moi, j'avais allumé une cigarette en sortant de la voiture. La forêt de pins était si dense que le village paraissait sûrement sombre à tout moment de la journée et ne comptait pas plus d'une trentaine, voire d'une quarantaine de maisons habitées. Alors que Nenad se promenait autour de sa vieille Passat, se plaignant de l'absence de réseau, une femme est sortie du magasin pour nous accueillir, une montagnarde à l'apparence curieuse et qui ne devait pas dépasser les soixante ans. Elle savait qui nous étions ainsi que le motif de notre venue. Il s'agissait de Radmila Matijašević, la propriétaire du seul magasin du village, qui s'était avérée être la mère de Jelena. Elle avait un sourire sincère et naïf sur le visage, et elle portait un pull élimé venant probablement du surplus. Elle n'avait pas pu cacher sa déception en apprenant que j'étais cet homme, et non Nenad, qui avait rapidement laissé une impression incomparablement meilleure à la mienne. Malgré cela, elle m'avait chaleureusement salué, tout en nous demandant de patienter quelques instants, le temps de remettre des marchandises et fermer le magasin. Au bout d'une centaine de mètres de marche sur une route escarpée, nous nous sommes retrouvés dans la maison des Matijašević.

À première vue, rien ne me disait que Kristina était ma fille. Je n'avais aucune expérience avec les enfants de cet âge. Ni petite fille ni grande. Ses cernes apparents m'ont tout de suite mené à la conclusion qu'elle ressemblait à sa mère. Elle m'avait tendu la main et s'était présentée avec une gentillesse feinte. Le dégoût était évident. Elle devait probablement me mépriser, pensai-je. Sa main était froide et humide. La mienne l'était encore plus. Que se passait-il ? Pourquoi avais-je besoin de tout ça ?

Jelena m'attendait dans la salle à manger. Je ne l'avais pas tout de suite reconnue et un sentiment douloureux d'irréalité lié à la situation dans laquelle je m'étais retrouvé me poursuivait. Nous avons échangé quelques phrases courtoises. Nenad avait essayé de jouer le rôle de médiateur, mais un silence désagréable s'ensuivait après chaque phrase. Je voulais lui dire ; Nenad, tout ceci est absurde, s'il te plaît, reprends tes esprits et ramène-moi à la maison. Mais je n'ai pas osé le lui dire, car il me regardait avec une sévérité particulière. L'arrière-grand-mère de Kristina, mère du père absent de Jelena, était également présente dans la salle à manger et passait son temps à marmonner, ce qui accentuait l'étrange de la situation. Une querelle a éclaté entre elle et Jelena à propos de l'endroit où nous allions dormir. « Ils ne peuvent pas dormir dans la maison de Gavrilo ! Je ne veux pas ! Tu m'as bien entendu ?! », criait la vieille femme. Mais qui allait dormir ?! Elles sont malades ! Je n'ai pas eu d'autres choix que d'intervenir pour mettre fin à ce débat insensé.

— Mesdames, vous vous disputez sans raison. Je vous assure que notre visite sera de courte durée. Je suggère que nous passions tout de suite aux choses sérieuses.

Nenad levait les yeux au ciel.

— D'abord, j'aimerais avoir votre avis sur toute cette situation, puis je vous dirai honnêtement et en détail ce que vous pouvez attendre de moi.

Radmila Matijašević avait rapidement mis la table.

— C'est ce dont il est question, n'est-ce pas ? Ce que vous attendez de moi. Et ces attentes devraient être honnêtes…

Kristina ne l'a pas supporté et m'a immédiatement rétorqué :

— Je n'attends rien de vous !

Elle s'est alors retournée vers Jelena et lui a dit que c'est ce dont elle avait essayé de l'avertir, elle l'avait prédit, ce ne serait qu'une « perte de temps ». Elle a alors quitté la salle à manger en colère et en pleurs.

Radmila voulait lui dire quelque chose, mais elle n'avait pas réussi à la retenir. Elle avait alors continué à apporter du kajmak, du bacon, du pain de maïs et d'autres aliments en silence.

La mamie était de plus en plus tendue et son étrange marmonnement devenait toujours plus vif et important.

— Maksim, Jelena s'adressait à moi d'une voix calme, tu n'as pas besoin de te sentir menacé. Personne ne t'obligera à rien ici.

Je m'étais rendu compte qu'elle ne s'était pas levée une seule fois de son canapé et qu'elle se trouvait dans une position semi-allongée, recouverte d'une couverture rugueuse jusqu'à la poitrine. Il y avait une petite table sur laquelle étaient posés une tasse de thé et, juste à côté, une pile de livres. Au sommet de cette pile, les enseignements animiques d'un obscur vieillard d'un monastère, et sur le bord même du lit, j'ai remarqué une œuvre au titre obscur, il me semble qu'il était écrit *Livre sur l'errance*, ou quelque chose du genre.

J'ai hésité quelques instants, puis j'ai poursuivi :

— Jelena, avec tout le respect que je te dois, ta déclaration amicale ne correspond aucunement aux mesures juridiques que tu as prises à mon égard.

— J'ai eu une intuition, mais tu sais que ça ne suffit pas ici, Maksim. Je devais en être sûre.

Avant que je ne réponde quoi que ce soit, Nenad a réussi à persuader toutes les personnes présentes de quitter la pièce, pour que Jelena et moi puissions poursuivre la conversation en privé. J'ai demandé un verre de raqi avant que tout le monde ne sorte. Radmila m'a alors mis en garde quant à son ex-mari, le père de Jelena qui, malheureusement, vivait en face et à cause duquel elles ne gardaient pas d'alcool dans la maison. Elle avait ajouté que s'il venait à se montrer entre-temps, il ne faudrait pas faire attention à ce qu'il « raconte comme bêtises et radotages ». J'ai regardé Nenad, qui m'avait fait savoir d'un regard et d'un geste de la main qu'il fallait que je me détende et que j'essaye au moins une fois dans ma vie de ne pas me comporter comme le con que je suis.

Jelena et moi sommes restés seuls. Je me suis assis sur la chaise à côté de son canapé. Pendant un moment, nous nous sommes regardés dans les yeux en silence. Quelque chose n'allait pas chez elle, et le vieillissement n'y était pour rien. Sa main était si amaigrie qu'on pouvait y voir chaque os. Sa peau frippée pendant sur le coude. L'autre, l'estropiée, elle la dissimulait sous la couverture. Cependant, ses yeux brillaient comme autrefois et elle avait toujours ses cernes bleus. Elle avait remarqué mes doigts tremblant ostensiblement sur mes genoux. J'étais mal à l'aise, alors j'ai mécaniquement croisé les mains. Puis je les ai rentrées dans mes poches.

— Je suis désolée, nous n'avons pas une goutte d'alcool dans la maison, avait-elle dit, mais si ça ne va vraiment pas, je peux demander à Kristina d'aller au…

— Non, ça ira.

— Tu n'allais déjà pas bien à notre rencontre.

— Pourquoi avoir attendu si longtemps, bordel ? Pourquoi ne pas me l'avoir dit plus tôt ?

— Honnêtement, je te détestais du plus profond de mon âme. Pas seulement toi. Vous trois. Mais c'est toi que je détestais le plus.

— Ce qu'il s'est passé entre nous, c'était…

— C'était nécessaire, m'interrompit-elle brusquement. J'ai longtemps négligé cette nouvelle et j'étais égoïste de ne pas avoir entrepris quelque chose plus tôt.

— Et qu'est-ce qui t'a poussé à changer d'avis ?

— Je suis malade, Maksim.

Nous nous sommes à nouveau regardés en silence.

— Je ne suis pas prêt pour ça, Jelena. Tu ne sais pas qui je suis et ce que je traverse.

— Tu es le père de Kristina. Si ça ne te fait rien, tu devrais t'en aller d'ici dès maintenant.

J'ai plongé mon visage dans mes paumes.

— C'est grave ce que tu as ?

— Il y a deux ans, les médecins ne m'ont donné que trois à six mois.

— Un cancer ?

— Ça a commencé par des coups de poignards dans le ventre et tout le monde pensait que quelque chose n'allait pas avec mes organes digestifs. Ce n'est que trois mois plus tard qu'un spécialiste de la VMA a soupçonné un cancer du rein. En attendant, nous avons perdu un temps précieux.

J'ai inspiré profondément, bougeant à peine sur la chaise.

— Tu as des douleurs ?

— Ce n'est pas insupportable.

— Mais tu es vivante malgré ce pronostic. C'est bien, n'est-ce pas ?

— Non, Maksim. Ma santé n'a jamais autant été mauvaise. J'ai arrêté les cytostatiques. Maintenant, un simple rhume peut me terrasser. Je n'en ai plus pour longtemps.

Je me suis levé de ma chaise et j'ai commencé à marcher autour de la table dressée.

— Mon cousin est médecin et son ami, un des meilleurs spécialistes de Belgrade. Peut-être que je peux faire quelque chose…

— Tu peux. Reste ce soir. Demain aussi si tu le peux. Essaye de parler à Kristina. C'est tout ce que je te demande.

J'ai failli prononcer quelque chose de terriblement cynique, mais grâce à Dieu, je me suis retenu.

J'ai accepté de passer la nuit à Golija.

11

Après un déjeuner copieux, Radmila Matijašević nous a emmenés au chalet de son beau-frère Gavrilo, qui, par son architecture contemporaine, se démarquait visiblement du style de la région, et se trouvait à quelques centaines de mètres des deux maisons appartenant à la famille Matijašević. Jelena, Kristina et Radmila habitaient l'une de ces deux maisons, tandis que l'ex-mari de cette dernière, Stevan et sa mère Bosa, qui marmonnait sans arrêt, vivaient dans la deuxième. Quant à l'oncle Gavrilo, il avait construit une demeure vraiment impressionnante dans cet abîme – un deux – étages de plus de cinquante mètres carrés entièrement équipé, sans compter la terrasse spacieuse avec une vue spectaculaire sur la vallée que traversait la Studenica glaciale et claire. Contrairement à Stevan, l'ivrogne débauché, Gavrilo était un fils et frère exemplaire, et un homme entreprenant, qui prenait soin de toute sa famille. Son entreprise de construction opérait en Russie, dans la péninsule arabique, et parfois en Libye, où cet homme a amassé une solide fortune. Néanmoins, la compagne russe de Gavrilo détestait sa famille, et de ce fait sa patrie, donc il ne profitait pas tellement du magnifique édifice. Il rendait visite à sa famille une ou deux fois par an et avait laissé la gestion de sa propriété à Jelena, qu'il aimait autant que sa fille, dans l'espoir d'attirer des touristes avides de tourisme rural, d'excursions paisibles dans la magie de la nature environnante, ainsi que de produits biologiques du pays. Il faut l'avouer, ce n'était pas fleurissant. Mais la décision de Gavrilo avait énervé son frère Stevan, qui avait décidé de couper tout contact avec lui.

Je dois admettre que cet hébergement luxueux était certainement la dernière chose à laquelle je m'attendais sur cette fichue montagne insurmontable. Nous pouvions nous servir dans les affaires de Gavrilo ; ses caleçons neufs, ses chaussettes, ses produits de beauté, sa literie, ses pantalons, ses jeans et ses pulls. J'étais plus petit que ce gaillard de Nenad qui pouvait porter ces vêtements. À côté de lui, j'avais l'air d'un immigré ukrainien du Canada. Mon mauvais œil a immédiatement remarqué le bar et la vitrine fermée renfermant des alcools au prix prohibitif ; du whisky écossais et irlandais, de la vodka russe, du cognac, du calvados, des vins rouges et blancs... Mon humeur s'est soudainement égayée lorsque Radmila m'a remis la clé du minibar de l'oncle, avec comme seule consigne que je le referme après m'être servi. Je n'avais pas le droit de boire beaucoup à cause de Nenad. Quelques calvados pour me faire passer l'envie, et une bouteille de vin portugais. Il me grondait en me disant que j'étais insensible, gonflé, que je l'embarrassais tout le temps. Nenad, Nenad... si seulement tu savais comment je me sens et tous les fantômes auxquels je suis confronté jour et nuit, tu me laisserais tranquille. « Je te regarde depuis des années faire semblant d'être un faiblard, alors que je n'ai jamais vu d'homme aussi fort que toi. Quand est-ce que tu vas enfin arrêter ce cinéma ? » Laisse-moi, Nenad, encore aujourd'hui, regarde dans quoi je me suis fourré, mec...

L'alcool m'a rapidement étourdi et je me suis endormi sur le canapé avant qu'il ne fasse nuit noire. Quelqu'un m'a couvert.

J'ai rêvé que je me transformais en spermatozoïde géant. J'avais une tête, un cou et un fouet. Je me prélassais sur une chaise longue dans une station balnéaire égyptienne populaire. Je n'ai pas du tout été surpris en remarquant Viktor et Rastko qui étaient allongés sur les transats voisins, eux aussi sous forme de spermatozoïdes. À un moment, Nina est sortie de l'eau avec un gros poisson mort et a crié : « Sale porc ! Je n'arrive pas à croire ce que tu m'as fait ! Je ne te le pardonnerai jamais ! ». Puis elle s'est précipitée dans la mer et s'est mise à nager sauvagement vers le large. Au même moment, comme sur commande, Viktor, Rastko et moi, les trois immenses spermatozoïdes, avons plongé dans l'eau et suivi Nina. Pendant cette course folle, nous nous dépassions les uns les autres et nous frappions à coups de fouet sur la tête et le cou. Mais aucune trace de Nina. J'ai regardé en bas, dans les profondeurs et découvert que s'y trouvait une ville sous-marine. Une véritable cité avec des gratte-ciel, des rues, des boulevards et des rangées d'arbres. En regardant de plus près, j'ai compris qu'il ne s'agissait pas de n'importe quelle ville, c'était la mienne, Belgrade. J'ai immédiatement reconnu le lycée où j'enseigne. Viktor et Rastko m'ont suivi. Depuis la fenêtre de la salle de classe, je pouvais voir et entendre mon ancienne collègue Barbara, me calomniant sans vergogne devant les étudiants, leur disant que mon recueil d'essais était le livre le plus insignifiant qui soit jamais apparu sur la scène littéraire serbe, puis d'un ton égoïste et hautain, elle a commencé à débiter des inepties sur « l'intertextualité », « le glissement du signifiant », et la « déconstruction du sujet narratif ». Les élèves baillaient d'ennui, ce qui m'avait surpris. Viktor et Rastko se collaient aux fenêtres de plus en plus fort et les vitres se sont brisées. J'étais le premier à passer à travers, puis nous avons tous les trois cravaché la professeure de littérature avec nos fouets à spermatozoïdes. « Tu fais semblant d'être gentil, tu parles de signifiants, pourtant on sait tous que le *Berger des loups*[1] t'excite secrètement ! », criait Viktor. « Qui penses-tu impressionner avec tes conneries sur

1 Représentation folklorique de saint Sava, père de l'Église orthodoxe serbe et le plus populaire des saints de Serbie.

l'intertextualité, qui n'est qu'un refuge pseudo-intellectuel aux gnomes médiocres et stériles qui tentent de construire leurs nids en ruine sur les épaules des géants ! Tiens t'en à ton *Berger des loups* et à tes spectacles d'école, lorsque toute cette sophistication maquillée est suspendue avec le bon sens, et quand les élèves, qui n'ont rien demandé, sont forcés à déclamer d'un ton belligérant un collage absurde de vers patriotiques, invoquant la puanteur du trou perdu de Vuk, que décrit si bien Svetislav Basara. Là est ta limite, et si tu la franchis, tu recevras dix coups de fouet ! » Je me suis réveillé étonné. Pourquoi avais-je rêvé d'une telle chose ? Mon débardeur était trempé de sueur. Nenad dormait dans la chambre d'amis à l'étage, tandis que Kristina était assise sur le bord de mon canapé.

— Racontez-moi le rêve que vous avez fait. Vous étiez en plein délire, grinciez des dents et agitiez vos mains.

— S'il te plaît, ne me vouvoie pas.

— D'accord, parle-moi de ce rêve que tu viens de faire.

— Euh… Je ne m'en rappelle pas. J'oublie mes rêves juste après m'être réveillé.

— Tu mens.

— Ce que tu viens de dire, ce n'est pas bien.

— Montre-moi la photo de ta femme. Tu en as sûrement une sur ton téléphone.

Je me suis levé et j'ai commencé à faire les cent pas dans la pièce, à la recherche de mon téléphone, jusqu'à ce que je le remarque entre les mains de Kristina.

— Pourquoi tu me le demandes si tu l'as déjà vue ?

— Je n'ai rien vu. Je ne connais pas le mot de passe.

Je lui ai pris le téléphone des mains. Je l'ai déverrouillé et suis entré dans les paramètres.

— Quand es-tu née ?

— Le neuf juillet.

— Deux mille…

— Quatre.

J'ai changé le mot de passe.

— Maintenant, tu connais le code.

— Comment ça ?

— C'est simple. Tape 090704.

— Pff… la blague ! Tu le remplaceras dès que tu t'éclipseras d'ici.

— Qui a dit que je comptais m'éclipser ?

Kristina m'avait regardé pour la première fois sans ironie.

— Ah oui, la photo de ta femme.

Je lui ai montré une bibliothèque d'images de l'été dernier en Égypte.

— Elle est jolie. Vous faites un beau couple. Elle s'appelle comment ?

— Nina.

— Nina sait où tu es maintenant ?

Je me suis mis à tousser même si je n'en avais pas envie.

— Tu n'as pas besoin de répondre, j'ai tout compris.

— Tu en as de la chance, moi je suis complètement perdu.

— Qu'est-ce qui n'est pas clair pour toi ? Maman va mourir et elle a peur de me laisser ici avec une grand-mère pauvre et un grand-père fou.

— Qu'est-ce qui ne va pas chez grand-père ?

— C'est un ivrogne, un menteur et un psychopathe. Attends-toi à ce qu'il te demande de l'argent.

— Où est-ce qu'il est maintenant ?

— Chez lui, il dort, déchiré au cognac, c'est sa petite maman qui s'occupe de lui, c'est *la seule à le comprendre*.

Elle avait prononcé ces derniers mots avec une ironie amère.

— Il est agressif ?

— Pourquoi tu crois que ma mamie l'a quitté ? Il y a dix ans, la police est venue l'arrêter. On aurait quitté cet endroit depuis longtemps si on avait de l'argent.

Je me suis versé encore un calvados.

— Excuse-moi pour ma réaction d'aujourd'hui.

— C'est à moi de m'excuser, je me suis comporté comme un crétin.

Elle a ri. Et c'est seulement à cet instant qu'elle a dévoilé ses grandes dents nacrées qui brillaient, entourées de lèvres pulpeuses roses. Comment se faisait-il que je venais à peine de remarquer à quel point cette fillette était belle ?

— Je peux me servir un verre ?

— Tu rigoles ?

— Tu essayes d'entrer dans ton rôle de père ?

— T'es impossible !

— Ah ah ah !

Je lui ai versé un peu de calvados et tendu le verre avec précaution.

— Je vais aussi te prendre une cigarette.

— Ça aussi ?!

— Tu ne connais rien à la vie ! Tous mes amis fument, sauf Ana qui est asthmatique, la pauvre.

— Oui bien sûr, quelle bonne raison pour tu t'y mettes aussi.

— Ne sois pas aussi lourd.

Je lui ai donné un briquet. Elle a allumé sa cigarette et inhalé la première fumée. J'ai sourcillé pendant un instant en réalisant que pour la première fois de ma vie, je parlais à ma fille et, bizarrement, je trouvais cela très amusant.

— Je vais parler à ton grand-père.

— Ne sois pas fou. Il dort ivre en ce moment et ronfle comme le diable, laisse tomber. Je te conseille d'y aller de bonne heure, il s'enfile son raqi vers huit heures. Il te demandera de l'argent, mais ne lui donne rien.

— D'accord. On verra. Et qu'est-ce que tu fais ici toi ? Tu ne devrais pas être au lit ?

J'ai discuté avec Kristina jusqu'à ce que Radmila nous surprenne à deux heures et demie du matin en train de nous marrer sur des anecdotes de mon travail. Je décrivais certains élèves qui m'imitaient très bien et de façon comique, et des filles qui portaient des décolletés plongeants pendant que je leur faisais passer des oraux. Kristina a dit qu'elles faisaient ça parce qu'elles avaient vu clair dans mon jeu et que je ne me contenterais pas de regarder les seins de mes étudiantes. C'est pas possible ! Mais Kristina a avoué qu'elle aimerait me voir aussi strict et coincé pendant les cours. Je lui ai répondu que ce n'était pas impossible. Nous nous sommes tus pendant un moment, puis Radmila a ordonné à sa petite fille d'aller au lit, car elle devait se lever tôt pour l'école. Elle était ravie de la scène qu'elle avait eue sous les yeux, même si je n'avais pas besoin d'être devin pour me rendre compte que le calvados et la cigarette n'allaient pas forcément avec l'idée que se faisait Radmila du temps que devrait passer une fille avec son père. Je jouais la carte du débutant dans ce domaine et que je méritais pour cette raison une période de grâce.

II

L’issue est une nouvelle entrée

« L’âme humaine n’est-elle pas quelque chose comme une balançoire, qui, ayant reçu une poussée vers l’humanité, est, de ce fait, prédisposée à s’élancer du côté bestial ? »

M. Aguéev, *Roman avec cocaïne*

1

Au tout début de la nouvelle année scolaire, j'ai enfin accepté de prendre un café avec Mila, un amie de la fac, qui après une longue relation toxique aux côtés d'un mec pathologiquement jaloux, n'avait pas pu trouver un homme convenable, et la pression biologique combinée à la pression environnementale avait pris le dessus au fil du temps. C'est comme si elle avait senti que j'étais à nouveau célibataire après un long moment, alors elle s'est mise à insister pour ce café après avoir passé des années à l'éviter. Elle avait pris un expresso allongé avec du lait chaud, tandis que je m'étais offert un énorme mocha avec de la crème chantilly. Nous étions assis dans mon Coffee Dream préféré de la rue N. Le serveur, un homo très sympathique, a fait une blague sur mon compte, en me faisant remarquer que j'avais grossi. Dans son univers, les années, les kilos en trop et les entraînements irréguliers étaient inexcusables. Un univers cruel. Mila se plaignait sans arrêt des hommes mariés qui étaient les seuls à l'aborder. Je n'y voyais rien d'étrange. Les célibataires étaient pour la plupart déprimés, souvent en proie au manque d'argent, alors que les personnes mariées étaient arrogantes, sûres d'elles et enclines à aller voir ailleurs. Mila m'a parlé d'une boîte qui avait récemment ouvert à Belgrade, où se déroulaient des choses qu'elles n'osaient même pas prononcer. Elle m'avait pris de court en lançant qu'après ses expériences avec Viktor et moi, les relations sexuelles avec ses partenaires étaient devenues monotones, dépourvues d'imagination, d'enthousiasme et de douceur. Elle prétendait avoir eu son dernier orgasme avec moi. Cela voulait dire que mon amie n'avait jamais joui avec son partenaire de longue date, ce que ce dernier lui rappelait sans arrêt. J'ai eu l'impression qu'elle s'attendait à ce que je lui propose de visiter une de ces boîtes, ce que j'aurais très probablement fait si je n'avais reçu un coup de fil inhabituel de la part de la secrétaire du lycée. Elle ne voulait pas en parler au téléphone, mais elle m'avait fait comprendre que je devais immédiatement me rendre au bureau du directeur. J'ai réglé l'addition et je me suis excusé auprès de Mila pour ce départ précipité.

Sur le chemin du lycée, j'entamais une remise en question. La secrétaire avait l'air trop nerveuse, alors j'ai tout de suite exclu la possibilité d'une stupide plainte pour une note. Était-ce une étudiante frustrée, dont j'avais trahi les attentes et qui avait décidé de se venger ? Ignoble, mais pas impossible. Les gens à cet âge changent souvent et brusquement d'humeur, et nous ne savons jamais comment sur quel pied danser avec eux.

Dans le bureau du directeur se trouvait ce dernier, ses adjoints, la secrétaire, le psychologue, le pédagogue et trois autres jeunes personnes que je ne connaissais pas. Bref, un comité prêt à m'exécuter. La secrétaire m'a remis le document officiel, sur lequel étaient écrites plusieurs phrases comiques dans un style commissaire anachronique, si stupides que je me suis tout de suite mis à rire.

« Nous demandons par la présente à ce que le professeur de philosophie Maksim Tumanov soit écarté d'urgence de l'enseignement et que son autorisation de travailler dans l'éducation soit révoquée pour propagation du fascisme pendant ses cours, ce qui est contraire à toutes les valeurs humanistes des Lumières et de notre société. » Une jeune organisation de gauche avait signé cette lettre, sans oublier le détail militant indispensable à leur nom – le Front.

J'avais bien compris que les trois jeunes au regard féroce représentaient cette organisation et étaient venus pour me lyncher. Ils avaient entendu parler de moi par l'intermédiaire d'un de mes étudiants qui paraphrasait maladroitement mes paroles en classe sur Facebook, alors qu'il se disputait avec des membres de cette organisation, ce qui les avaient amenés à s'intéresser à moi. Dommage que je n'aie pas de lance-flammes sous la main – c'est la première chose qui m'est venue à l'esprit quand j'ai réalisé ce qu'il se passait. Il m'avait fallu un effort surhumain pour éviter un pétage de plomb.

L'apparence désagréable de mes accusateurs était frappante. Le plus arrogant parmi eux, un vrai petit Führer complexé, avait de longs cheveux gras, un visage grêlé et une fourberie si visqueuse dans son expression faciale qu'il m'a tout de suite fait penser à un lézard. L'autre gars à ses côtés était potelé et pas très bavard. J'avais l'impression que lui-même doutait de la véracité de toute cette mascarade, qu'il avait dû créer conformément aux règles de son parti. Avec eux se trouvait une fille aux cheveux roux qui, contrairement à ses camarades, était mignonne et agréable à l'œil. L'égomaniaque en chef, bien sûr, devait avoir avec lui une ennemie acharnée du capitalisme, pour gonfler d'orgueil en public et péter plus haut que son cul devant elle. Évidemment, seuls les antifascistes les plus féroces avaient le droit d'accéder à l'entrejambe des militantes sentimentales. Mais comment un homme pouvait-il se disputer avec un lézard ? C'était une expérience toute nouvelle pour moi : une rencontre rapprochée avec une racaille dénonciatrice et insidieuse. Dans certaines circonstances historiques, marquées par de violentes représailles contre ceux qui « sortaient du lot », « l'art » de ces hyènes s'épanouissait.

Alors que la fille et le type potelé étaient assis calmement et fixaient le somptueux bureau du directeur, le lézard lui me regardait droit dans les yeux. Ce regard me disait sans équivoque : « Tu as été pris en flagrant délit, fasciste ! Tu ne t'en sortiras pas ! » Sabrina, la psychologue, était aux anges. J'ai immédiatement demandé une explication en disant que, d'après la loi, je n'avais de compte à rendre qu'auprès du directeur. J'assurais qu'il était scandaleux que ces aventuriers soient même autorisés à entrer dans un établissement d'enseignement afin d'interroger les employés au sujet de leurs postulats idéologiques problématiques. Cela veut-il dire que les témoins de Jéhovah ou les néo-nazis peuvent également envoyer des délégations dans les écoles pour exprimer leurs objections à la mise en œuvre des programmes scolaires ? Cependant, le seuil social de tolérance pour la violence de gauche a été relevé, il suffit donc d'accuser quelqu'un de fasciste et vous pouvez compter à l'avance sur le fait que la société sera à priori de votre côté. À cause de tout cela, j'ai tout de suite demandé à toutes les personnes qui ne faisaient pas partie du personnel du lycée de quitter la salle. Mais le directeur m'a alors pointé du doigt pendant un moment, me disant que la presse à sensation avait passé la matinée à l'appeler pour qu'il fasse une déclaration sur le fait qu'il avait permis à un fasciste d'enseigner. À savoir, avant d'amener l'expédition punitive au lycée, le lézard avait envoyé un e-mail aux rédactions de tous les quotidiens à grand tirage annonçant un rassemblement de protestation dans la cour du lycée, prévu le lendemain à midi. Le directeur avait réussi à convaincre les journalistes de ne pas publier « la nouvelle choc » avant la fin de la journée, quand se terminera la réunion du conseil pédagogique, après quoi il les informera en personne des conclusions tirées. Il fallait d'abord « établir les faits ». Je savais que le lézard ne s'y intéressait pas le moins du monde, lui ce qu'il cherchait, c'était la publicité, afin de sortir sa sombre personnalité de l'insoutenable anonymat pendant une journée. Le fait qu'un éducateur allait être traîné dans la boue des journaux à sensation et qu'il y laisserait son honneur, son emploi et ses revenus – ça n'avait pas d'importance si vous le voyiez sous l'angle de la guerre des classes, dont peuvent parfois souffrir des innocents, à condition qu'il y en ait. On sait que dans le monde d'un révolutionnaire passionné, il n'y a pas d'innocents jusqu'à preuve du contraire.

La nature aime bien parfois jouer des tours à certaines personnes en les privant de tout don, mais elle les dote alors d'un amour-propre sans limites et d'ambitions débridées. Le lézard avait repris la parole et s'était mis à déblatérer des choses sur l'époque du fascisme ressuscité à laquelle nous vivions, commençant à énumérer certains pays comme les États-Unis, l'Ukraine, la Grèce et l'Allemagne, puis il a ajouté qu'il fallait rester vigilant car les fascistes étaient bien organisés, s'infiltrant de plus en plus dans le système et d'autres conneries du même genre. Le directeur a maladroitement tenté d'arrêter ce rêveur sanguinaire en lui demandant :

— Eh bien, qu'est-ce que le fascisme pour vous ? Ce terme est si souvent employé dans la vie publique qu'il a perdu tout sens.

— Le fascisme, c'est quand quelqu'un appelle à l'extermination de personnes simplement parce qu'elles appartiennent à d'autres races, nations ou religions, répondit le lézard avec assurance.

— Le fascisme, c'est aussi quand tu te lances dans de sales actions de dénonciations sans connaître les faits, abruti !

Je ne pouvais plus me retenir.

— Je demande que soit ajouté au procès-verbal que le fasciste vient de m'insulter !

Sabrina a hoché la tête, puisqu'elle prenait les notes, alors que le directeur m'avait pincé la cuisse. Désormais, c'est lui qui menait la conversation.

— Monsieur Tumanov, avez-vous parlé de fascisme dans vos cours ?

— Je n'ai jamais utilisé ce mot parce que, comme vous pouvez le voir, il existe des gens qui ne distinguent pas le fascisme de la pensée sur le fascisme. Je ne sais pas exactement ce qu'est le fascisme, mais j'ai l'impression que bientôt, la pensée sera considérée comme du fascisme.

— Ne compliquez pas davantage la situation, monsieur Tumanov. Certains étudiants ont eu l'impression que vous appeliez à l'extermination des musulmans. Est-ce correct ?

J'avais senti sur ma peau ce que cela fait quand le système vous force à dire des choses. Je comprenais ces martyrs qui dans les années 1930 avaient avoué des actes qu'ils n'avaient pas commis pour éviter le supplice de « l'interrogatoire » ou de la « présentation des preuves ».

— Monsieur le directeur, c'est absurde…

Je ne savais vraiment pas quoi dire.

— Vous voyez, cet homme ne nie même pas être un fasciste, le lézard avait retrouvé sa langue, et la colère avait monté en moi depuis l'estomac jusque dans la gorge.

— Garçon, je sais que tu t'amuses dans ton fantasme infantile de libérer le monde du mal. Mais en ce moment tu es entouré d'adultes qui, contrairement au fainéant que tu es, exercent un travail à responsabilités et n'ont pas le temps d'être les figurants de ton spectacle pour enfants.

Le lézard me regardait de travers, mais avec satisfaction car la situation évoluait dans la direction qu'il souhaitait. Il se voyait déjà faire des déclarations dans les journaux, faire tous les plateaux télé et crier dans un mégaphone lors d'une manifestation. Une vraie bête de foire.

Le directeur est de nouveau intervenu.

— Monsieur Tumanov, présentez brièvement le contenu du cours problématique que vous avez donné.

J'avais décidé de ne plus regarder le lézard. J'ai calmement continué à parler.

— J'ai interprété les soi-disant fragments politique d'Héraclite, qui correspondent à l'ensemble thématique de la philosophie grecque primitive dont je traite ce mois-ci.

— À votre avis, y avait-il des éléments controversés dans votre présentation ?

— En philosophie, les éléments controversés sont toujours possibles quand il est question d'interprétation. Je tenais à montrer pourquoi Nietzsche avait raison quand il disait d'Héraclite qu'il était éternellement actuel. Je pense que l'exemple de la phrase d'Héraclite, je cite : *le peuple doit défendre ses coutumes comme les remparts de sa ville* – peut confirmer l'étonnante actualité de sa philosophie.

Les militants ont commencé à ricaner et à marmonner doucement. Je n'y avais pas prêté attention.

— Cela signifie que vous ne parliez pas seulement d'Héraclite, mais aussi de la situation actuelle dans le monde.

— Bien sûr, sinon l'enseignement de la philosophie se transformerait en option complètement inutile et facultative, orientée vers la pratique. Faudrait-il donc traiter les questions philosophiques comme les loisirs de quelques fous excentriques qui existaient sur les bords de la Méditerranée il y a deux mille cinq cents ans ? Le but est d'assurer que leurs problématiques deviennent également les nôtres. Autrement, enseigner la philosophie ne serait qu'une perte de temps.

Lorsque j'ai prononcé la dernière phrase, j'ai senti que toutes les personnes présentes étaient intimement d'accord avec cette évaluation, peu importe ce que j'avais encore à dire. Cette situation leur donnait-elle raison ?

— Nietzsche était la lecture préférée des nazis qui ont exterminé les Juifs dans les chambres à gaz , a fait remarquer Sabrina.

— Néron a mis le feu à Rome pour imaginer ce à quoi ressemblait Troie en flammes. Est-ce que ça veut dire qu'on ne doit plus lire Homère ?

Sabrina était silencieuse avec une expression insatisfaite sur son visage.

— Monsieur Tumanov, avez-vous appelé à l'extermination des musulmans ?

— Je ne répondrai pas à cette question indécente. Héraclite a été l'occasion d'entamer une discussion en classe. Ce penseur mettait la survie physique d'une nation au même niveau que sa survie culturelle. La défense des coutumes, y compris les coutumes religieuses, est aussi importante que la défense des frontières terrestres à l'intérieur desquelles vit une nation. Une nation qui renonce à son identité culturelle fait quelque chose de si suicidaire qu'elle ne peut être comparée qu'à l'ouverture des frontières précédant l'invasion par des membres d'autres nations et cultures.

— Vous faites allusion à la crise des migrants ?

— Je ne fais aucune allusion, je pose des questions. Imaginez que pendant les guerres gréco-persanes il y avait une faction influente parmi les Grecs… humm… appelons-les multiculturalistes, ou réalistes politiques, qui auraient pu soutenir que la Perse était supérieure non seulement d'un point de vue militaire et économique, mais aussi culturel, et qu'il était insensé que de pauvres cités grecques divisées s'opposent à cette force irrésistible… Imaginez que certains Grecs influents aient entamé un *dialogue interne* sur les villes ioniennes conquises, affirmant qu'Homère, Hésiode et les mythes inutiles devraient être abandonnés au profit d'une coopération lucrative avec l'empereur perse ? La conscience culturelle des Grecs était une ressource morale qui donnait aux Hellènes, de moins en moins nombreux, non seulement la force de résister aux forces de l'Est, mais aussi de les vaincre enfin. Personne n'a pu entendre ces mots sortir de ma bouche. Je voulais seulement montrer que la pensée d'Héraclite pouvait être appliquée dans le contexte des tendances idéologiques domestiques actuelles. Les mythes sont des histoires qui se transmettent de génération en génération et leur fonction est de garder une nation unie. Ce sont des histoires grâce auxquelles un groupe ordinaire d'individus qui, tel un troupeau paissaient accidentellement sur le même pré, s'est développé en une communauté politique, ou un peuple si vous préférez. Une nation qui laisse tomber ses mythes commet un suicide politique, peu importe à quel point elle essaie d'envelopper ce renoncement dans des cadres rationnels et pragmatiques. La démythologisation s'accompagne de la montée d'un genre particulier d'absurdités, qui impliquent des fanfaronnades sur la croissance économique, l'intégration européenne, les bonnes relations avec les pays voisins, etc.

Le directeur avait l'air impuissant. J'ai cru qu'il allait se mettre à bailler. J'ai profité de cette minute de silence pour prononcer quelques phrases qui m'éviteraient de faire la une dans les tabloïds le lendemain.

— Je suis responsable de ce que je dis lors de mes cours, mais je ne suis pas responsable de la façon dont mes élèves interpréteront ce que je dis. Après tout, mes cours sont ouverts à tous et j'invite les personnes ici présentes à y assister quand elles le souhaitent, à l'improviste, je n'ai rien à cacher et rien à me reprocher.

Je savais qu'il s'agissait d'un moyen d'apaiser les militants qui ne devaient pas quitter cette réunion les mains vides. Je leur avais permis, tels trois commissaires politiques, de venir à mon cours et de constater par eux-mêmes comment je « pourrissais la jeunesse ». Ce jour-là, selon le planning, j'ai parlé de la déception dans l'exploration de la nature, survenue au milieu du cinquième siècle avant la nouvelle ère et de la montée du relativisme sophistique. Les militants se sont ennuyés pendant tout le cours. Plus tard, je leur ai parlé à la bibliothèque du lycée et leur ai donné des « leçons paternelles » sur l'irresponsabilité de jouer avec la vie des autres sur la base de commérages. Je ne pouvais m'empêcher d'avoir l'impression que les activistes aux airs de lézards étaient exceptionnellement courageux lorsqu'il s'agissait de combattre une idéologie depuis longtemps vaincue, et que cette chasse aux sorcières absurde des fascistes était en grande partie psychologiquement motivée par une fascination latente pour le fascisme historique. Un agitateur éduqué avec des pamphlets, selon sa structure mentale, s'intègre parfaitement dans le mécanisme de la foule qui a brisé les vitrines des magasins juifs dans les années 1930. Aujourd'hui, il s'excite contre l'ennemi de classe, demain ce sera peut-être à nouveau l'ennemi racial, qui sait, il est clair que cette conscience pervertie ne peut vivre sans une notion simplifiée de l'ennemi, qui l'aide à boucher les trous de son propre moi corrompu et à trouver une valve socialement acceptable pour son agressivité pathologique. La prochaine fois que vous serez en compagnie d'un militant bien-pensant et prédicateur de la lutte des classes, faites attention à l'excès de plaisir avec lequel il se livre à ses prédictions apocalyptiques. Ces gens ne rêvent pas de réconciliation entre peuples divisés ou d'une société dépourvue de classes : le sujet de leurs fantasmes sadiques sont les potences, les pelotons d'exécution et les îles-prison.

En fin de compte, mes accusateurs ont quand même accepté de dissuader les médias de ne pas publier la nouvelle scandaleuse. Il m'a même semblé que le lézard regrettait, mais j'ai par la suite découvert qu'il avait dit à une journaliste que j'étais « passé entre les mailles du filet » cette fois. Je n'ai pas été surpris en voyant quelque mois plus tard sa gueule grande ouverte et son poing fermé lors d'un rassemblement international consacré aux questions de sécurité mondiale, organisé par une

ONG nationale réputée. Le lézard avait fait son entrée sur la grande scène pour faire un malheur. C'était probablement le début d'une brillante carrière politique. La route n'aura pas été si longue pour ce révolutionnaire aux cheveux gras, aujourd'hui ministre corrompu qui présente une législation du travail néolibérale impitoyable.

2

Six mois se sont écoulés depuis les funérailles de Jelena Matijašević et le même nombre de mois depuis ma rupture avec Nina. Et je n'ai toujours pas réussi à me trouver dans ce nouveau rôle, celui de père. Kristina faisait plus ou moins ce qu'elle voulait sous mon toit. Elle me voyait comme un colocataire et non pas comme un père. Je n'exerçais presque aucune influence sur elle et cela me rendait parfois fou. Elle sortait quasiment tous les soirs dans un parc voisin avec ses nouveaux amis d'école, où elle était rapidement devenue populaire. Néanmoins, elle respectait le couvre-feu et rentrait à la maison avant vingt-trois heures. Kristina n'était pas uniquement absente de la maison, mais également à l'intérieur : elle passait ses journées sur son iPhone, tandis que je maudissais le jour où je lui en avais acheté un. Je me demandais comment elle faisait pour n'avoir que des vingt à l'école alors que je ne la voyais jamais en train d'étudier. Pourquoi mentirais-je à moi-même, comme si je ne savais pas que tout le système était parti en vrille.

J'ai appris par l'intermédiaire de Goran qu'entre-temps, Nina était tombée enceinte d'un collègue de travail de longue date, qui avait également raté son mariage. D'un point de vue légal, nous n'étions pas encore divorcés, mais Nina avait été tellement blessée par mon comportement et tout ce qui s'était passé, qu'elle n'a même pas voulu me voir en présence d'un avocat. Je m'en fichais jusqu'à ce que j'apprenne sa fichue grossesse. Bon sang, même pas un an et elle a déjà fondé une famille avec un autre type ! On dirait bien qu'elle avait secrètement préparé le terrain pour notre rupture pendant notre dernière année de mariage : un collègue de travail qui vit seul, une amitié intense avec ses copines qui me détestent tout autant que sa famille, un tas de jours de congé sauvegardés, etc. Goran m'a avoué que Nina était épanouie depuis la rupture, qu'elle dégageait une énergie positive, que ses yeux brillaient à nouveau et tout le tralala. J'ai balancé à la figure de Goran qu'un ami ne me raconterait pas tout ça. Mais ce n'était pas sa faute. Toutes les filles qui m'ont fréquenté ont ressenti un énorme soulagement après avoir rompu avec moi. J'avais l'impression d'être une fosse septique ambulante, qui avait tendance à déborder et à polluer tout ce qu'il y avait autour. Je souffrais beaucoup ces derniers jours.

Le grand-père de Kristina, Stevan, m'appelait de temps en temps pour me menacer. Il répétait connaître des personnes influentes à Belgrade, qu'il était comme « cul et chemise » avec les membres actuels du Conseil d'administration du parti progressiste serbe, puis qu'il allait me foutre en taule, me kidnapper et j'en passe. J'ai demandé conseil à Nenad qui m'a dit de ne pas m'inquiéter, car il savait d'expérience qu'un chien qui aboie ne mord pas. Je n'avais jamais vraiment compris le sens de ce dicton, car à plusieurs reprises dans ma vie, je me suis retrouvé face à des chiens qui non seulement aboyaient, mais qui croyez-moi, mordaient aussi.

Quelques jours avant le Nouvel An, papy Stevan a pris le volant tout en étant ivre et a pris la direction de Belgrade avec l'intention de récupérer Kristina et de me passer à tabac. Quelque part près de Lazarevac, il est sorti de la route et a percuté un arbre. Son Opel cadet était en morceaux, lui s'en était étonnement sorti, mais il était bien amoché. Les secours l'ont emmené à l'Académie de médecine militaire, où il a passé deux mois avec un drain thoracique. Les conséquences de l'accident n'étaient pas importantes, mais celles de son mode de vie l'étaient. On lui a par la suite posé un stent. Le médecin lui avait fait savoir que ses organes avaient au moins trente ans de plus que lui, alors qu'il n'avait qu'un peu plus de soixante ans. Lorsque le parrain de Stevan a appris la nouvelle, il s'est empressé de rendre visite à son compère bien-aimé quoique mouillé. Lui aussi avait pris le volant ivre et a eu un accident quelque part sur la route de l'Ibar. On l'avait également admis à l'Académie de médecine militaire. Le parrainage est vraiment une alliance inexplicable de deux âmes devant Dieu. Après avoir quitté l'hôpital, Stevan est très vite revenu à ses anciennes habitudes. Un matin, il fut retrouvé dans la cour par sa mère, froid et immobile sur la pelouse. J'avais ressenti un certain soulagement en apprenant la nouvelle.

À l'approche du Nouvel an, je ressentais à nouveau une gêne en moi. J'étais devenu agité et irritable. Je me suis disputé pendant des jours avec Kristina parce qu'elle prévoyait de passer le réveillon avec des amis dans un appartement loué pour l'occasion. Comment est-ce que des collégiens avaient eu l'idée d'organiser des fêtes dans des appartements de location ? Et qui sait ce à quoi ils s'adonnaient là-bas ? J'ai capitulé comme d'habitude, je suis resté seul à regarder le programme de merde du réveillon. Tout le monde était quelque part, tout le monde profitait des célébrations, buvait, sniffait, fumait, flirtait, baisait et s'amusait, alors que moi, j'étais l'unique personne esseulée. Il n'y avait que moi. Putain de merde !

Vers une heure du matin, j'ai reçu un message de la part de Mila qui me souhaitait une bonne année. Le message était plein de sentiment. Si je compte l'appeler, je vais inévitablement me saouler, si je me saoule, je le ferais aussi le lendemain, puis le jour d'après, et qui sait combien de temps encore. Je me sentirais encore plus pathétique et je recommencerais probablement à faire des conneries. Non, hors de question, maintenant j'ai plus de responsabilités et d'obligations que jamais, je suis devenu père, pour l'amour de Dieu, je vais ignorer le message de Mila. C'est plus pour moi tout ça.

J'ai appelé Mila vers une heure et demie du matin et j'ai crié : « Où est ce que t'es bordel ?! Je vais te défoncer ! Tu m'entends ? » Elle ne m'avait pas bien entendu car la musique live autour d'elle, amplifiée par les tapages, était très forte. Les vieux amis de la fac avaient réservé un bar dans le quartier de Dorćol. Mila m'a dit que tout le monde demandait de mes nouvelles et pourquoi on ne me voyait plus dans les parages depuis si longtemps. Quelle erreur ce fut d'aller à cette fête de merde ! Je le savais déjà en repassant ma plus belle chemise, en cirant mes chaussures les plus chères et en enfilant mon costume slim fit noir. Une erreur ! Une grosse ! Mais je ne pouvais pas résister. Le seul moyen de se délivrer d'une tentation, c'est d'y céder, disait Oscar Wilde, ce terrible libertin. Je me suis fait beau et j'ai pris la voiture. En chemin, je me suis arrêté dans un magasin pour acheter une bouteille de Jack Daniels que j'ai sifflée au volant.

L'ambiance dans les rues était carnavalesque : un éclairage kitsch dans les rues, des concerts sur les places, le boucan que faisait la pyrotechnique, des flopées de Slovènes ivres, d'humeur à s'enlacer et à s'embrasser. Je sentais que je faisais un pas dans l'incertitude. Qu'est-ce que je raconte, les choses seront définitivement pires après cette soirée, la seule chose dont on n'a pas connaissance est le genre et le degré de souffrance qui s'ensuivra. Goran est devenu fou en me voyant. Nous ne devions tout simplement pas traîner tous les deux, car nous étions un duo incorrigiblement toxique à chaque fois que nous nous réunissions. Il m'a embrassé sur la bouche ce con ! En même temps, il embrassait toutes les personnes présentes sur la bouche. Il avait emmené avec lui son collègue Ognjen, qui essayait de me convaincre de me mettre de la cocaïne dans l'œil, puisque lui terminait chacune de ses prises en se frottant l'œil avec, ce dernier devenant rouge et gonflé. Laisse-moi, mec, je veux juste une trace, fais ce que tu veux si tu as envie de perdre la vue, mais laisse mes yeux tranquilles ! Le plan était d'aller à l'after d'Ognjen, après la fête.

Mila a essayé de me faire une pipe dans les toilettes, sans succès, car ma queue était au plus mal à cause de la coke, et Ognjen ne nous avait pas laissé une seconde de répit en frappant à la porte tout le temps et en nous suppliant de le laisser entrer. Je n'avais jamais rencontré un malade comme celui-ci. Il se comportait comme un bulldozer turbocompressé. Il me rappelait Viktor. C'est peut-être pour ça que j'aimais particulièrement sa compagnie. Dans la cabine voisine, des gars de la fac, de bons garçons issus de bonnes familles, faisaient des lignes sur la cuvette à l'aide de leurs cartes de crédit. Je leur ai demandé ; je ne peux pas croire qu'il vous a fallu attendre vos trente ans pour découvrir la magie de la drogue et de l'alcool ? L'un d'eux m'a rétorqué avec assurance qu'il valait mieux être un *late bloomer* plutôt que de passer sa jeunesse dans des cliniques spécialisées à traiter sa toxicomanie.

« Tu vois, Maksim, dit l'ami late bloomer en frottant le reste de la cocaïne dans les gencives, chaque homme bénéficie d'un prêt pour le plaisir, qu'il devrait sagement diviser en six ou sept décennies de vie de qualité pour un adulte moyen. Toi, tu as flambé ton prêt avant tes vingt-cinq, vingt-six ans et voilà pourquoi tu ne te sens pas bien. » Mais qui dit que je ne me sens pas bien ? Regarde comme je profite, mon frère ! « Tu ne profites pas, poursuit le late bloomer, tu es triste, la solitude est gravée sur ton front et ça se voit que tu te forces. » Je me suis regardé dans le miroir. Il a raison, ce con ! J'ai l'air désespéré. Je me suis lancé dans de misérables confessions d'ivrogne. Je me plaignais de ma personnalité dépressive hypersensible, je pleurnichais que j'étais devenu père contre mon gré et que je ne pouvais pas du tout assumer ce rôle, je menaçais de me jeter dans le Danube à l'aube. Ognjen ne pouvant plus écouter mes conneries s'était éclipsé, avant de revenir très vite avec une paire de ciseaux à la main, qu'il avait vraisemblablement piqué dans le sac d'une poulette. Il était décidé à me couper les cheveux ce soir-là. J'ai dû le fuir dans le bar.

Le groupe a fait une pause vers trois heures du matin et nous nous sommes tous assis à table. Nous tous – les dépressifs, les toxicos, les milléniaux et les late bloomers. Parmi la cinquantaine d'invités, seuls quelques-uns avaient un enfant. La grande majorité n'était pas engagée dans un couple, encore moins dans un mariage. L'insécurité économique générale n'en était certainement pas la cause, car ceux qui étaient insatisfaits sur le plan professionnel n'étaient même pas là. Les effets de la morsure du temps étaient déjà clairement visibles sur les femmes. Goga expliquait qu'elle avait quitté un poste bien rémunéré à la banque juste pour voyager à travers le monde pendant un certain temps. Un mois en Indonésie, trois mois en Inde, six mois chez une amie doctorante à Edimbourg… Pas de mec. Elle buvait comme un trou. Et ses copines étaient pour la plupart dans le même délire, tandis que ses amis eux gagnaient bien mieux, conduisaient des voitures chères, se doraient la pilule sur des bateaux, séduisaient des jeunettes et passaient leurs week-ends à se complaire dans l'alcool et la drogue.

« Quelle génération de merde nous sommes, dis-je à voix haute. Mes grands-parents étaient des artisans, des apatrides, des ruraux pauvres du Royaume de Yougoslavie. Ils se sont mariés en pleine occupation féroce, d'une guerre fratricide et de la famine. Ils ont passé leur première nuit de noces assis devant des machines à coudre. Leur premier enfant est mort de malnutrition. L'autre a peiné à survivre. Le troisième fut ma mère. Cette génération a créé un État et une économie respectables, a repeuplé le pays, éduqué les enfants, les baby-boomers contribuant à relever encore le niveau. Et puis nous sommes arrivés, les milléniaux, avec nos voyages insensés et notre orientation exclusive vers la satisfaction de nos désirs personnels. Que restera-t-il de nous ? Rien ! Nous sommes de simples tire-au-flanc, un détail de l'histoire à recycler. » Je parlais tout en remarquant les chaises autour de moi se vider de plus en plus vite. Ognjen a finalement réussi à me couper une mèche de cheveux. Quel abruti ! Goran riait, nous enlaçait et réglait les problèmes d'organisation : qui allait être avec qui dans la voiture, puisque c'était l'heure de partir à l'*after* d'Ognjen. Je ne me souviens pas du tout de ce trajet, même si j'ai été surpris le lendemain en voyant ma Ford en un seul morceau et correctement garée. Il y aurait sûrement eu des traces de sang si j'avais écrasé quelqu'un… ou peut-être pas ? Quelle horreur !

Tous les stores de l'appartement avaient été fermés à temps, car le 1er janvier pénétrait d'une marche régulière et implacable toutes les entrées de l'appartement ainsi que les quelques entrées de nos consciences obscurcies par la drogue et l'alcool. Si nous ne pouvions plus arrêter cette réalité qu'était le lever du soleil, nous pouvions au moins la cacher à nos yeux et à nos esprits affolés. Il fallait boire encore plus. Et sniffer. En aucun cas penser à demain. Et Kristina ? J'ai vérifié mon téléphone qui s'est éteint au moment où j'ai voulu lire son sms. Putain ! Je n'ai pas eu le temps de le charger. J'ai demandé à Ognjen s'il avait un chargeur d'iPhone. Il m'a demandé de le suivre. On est allés dans son garage, dans sa golf noire, où il a sorti un gramme de coke pure qu'il avait gardé pour lui. J'en avais oublié le chargeur et Kristina. Lorsque nous sommes revenus dans l'appartement, l'accordéoniste et le bassiste étaient déjà là. L'atmosphère a de nouveau commencé à se réchauffer. Mila vomissait, mais il y avait trois autres filles qu'avait invitées Goran.

On se touchait et s'embrassait dans le salon et on commandait cette même chanson de taverne, jusqu'à ce qu'il n'y ait plus une miette de coke et une goutte d'alcool dans l'appart. Les amis commençaient à partir. Ognjen et Goran s'étaient enfermés avec les jeunettes dans la chambre. Je suis resté seul, entouré de gens que je ne connaissais pas. Mila m'avait formellement interdit de conduire. Elle avait appelé un taxi. Nous ne parlions pas. J'ai quitté le taxi le premier. Mila n'a pas voulu de mon argent pour le payer. En sortant de la voiture, j'ai senti la chaleur du soleil et la froideur de la peur.

3

Je suis entré dans l'appartement, j'ai jeté un coup d'œil dans la pièce où dormait Kristina et je me suis rappelé avec amertume que Nina et moi avions dormi dans cette chambre pendant six ans. J'ai remarqué des traces de mascara étalées sur l'oreiller. Pourquoi avait-elle pleuré ? Qui sait, les adolescents… tout ce qui importait pour moi c'était de voir qu'elle était là, saine et sauve. Je planais encore, ma mâchoire était raide, je ne clignais pas des yeux et vu la rivière d'alcool que j'avais bu, je devais encore être assez ivre. Dehors il faisait jour et dans l'appartement régnait un silence de mort. Une sensation de culpabilité commençait à me poignarder par rafales. J'ai mis mon téléphone à charger et j'ai enfin lu le message que Kristina m'avait envoyé avant deux heures du matin : « Hey, la fête est fichue ici, une bagarre a éclaté, quelqu'un a appelé la police, tu peux venir me chercher ? J'ai froid dans mes talons. MDR ! » Merde ! Elle n'a sûrement pas pu trouver un taxi à cette heure, et même si elle avait réussi, elle n'aurait pas eu de quoi le payer, car les chauffeurs arnaquaient les clients le soir du Nouvel an. Un paquet violet m'attendait sur la table à manger. Oh, non… Kristina m'avait acheté un cadeau pour la nouvelle année. Elle voulait me faire une surprise. Un parfum. Mon préféré, Burberry Weekend. Je ne lui avais rien acheté. J'ai essayé, je suis allé dans un centre commercial et j'en suis sorti au bout de dix minutes parce que je n'avais pas la patience de chercher quelque chose qui lui plairait. J'ai commencé à suffoquer de remords et de dégoût.

Il n'y avait aucune chance que je m'endorme. Je me suis assis sur le carrelage de la cuisine et j'ai regardé dans le vide. Les heures passaient. Kristina s'est levée vers dix heures et demie, est directement allée aux toilettes, puis pieds nus, en pyjama, s'est rendue dans la cuisine se préparer quelque chose pour le petit-déjeuner. Elle a eu peur en me voyant assis par terre dans mon costume de la veille.

— Qu'est-ce que tu fais ici ?! Tu saignes ! Qu'est-ce qu'il s'est passé ?

— Je ne saigne pas, qu'est-ce que tu racontes ? Tout va bien.

— Va te regarder dans un miroir !

Je me suis à peine levé en m'accrochant au comptoir de la cuisine. J'avais vraiment des traces de sang sur la moustache.

— C'est probablement un vaisseau dans mon nez qui a rompu. Je ne m'en suis même pas rendu compte.

— Maksim, que se passe-t-il ? Où étais-tu ? Pourquoi tu n'as pas répondu à mon sms ?

— J'étais… écoute, en fait, tu n'as pas besoin de savoir où j'étais. Comment t'es rentrée ? Je t'avais dit de ne pas aller à cette fête stupide !

— C'est pas de ma faute si ces abrutis se sont battus.

— Je savais que je n'aurais pas dû te laisser y aller.

— Tu n'as pas le droit de m'interdire quoi que ce soit !

J'ai vu rouge.

— Pardon ?! Répète un peu pour voir !

Les larmes sont montées aux yeux de Kristina.

— J'ai dit que tu n'avais pas le droit de m'interdire quoi que ce soit.

— Comment oses-tu ?! ai-je crié. Je suis celui qui t'as sorti de ce trou, je m'occupe de toi et j'endure tes délires pubertaires, si tu ne m'avais pas, tu serais sans doute en train de vendre des framboises au marché du village et l'autre vieillard de merde t'aurait vendu à un connard pour mille euros !

— Comment tu peux… Je ne peux plus…

— Qu'est-ce que tu ne peux plus ?! Je n'ai pas besoin de tes histoires de merde ! Si tu ne te plais pas ici, fais tes valises et rentre dans ton trou perdu !

Qu'est-ce qui m'a pris de dire ça ? Je ne voulais pas du tout balancer toutes ces conneries car je ne les pensais pas vraiment, mais une force incontrôlée sortait de moi. Et le pire dans tout ça, c'est que cette même force m'empêchait d'avoir des regrets et de m'excuser. Au contraire, je persistais dans une arrogance en faillite alors que Kristina rangeait ses affaires à toute vitesse dans sa valise à roulettes, pour bientôt quitter l'appartement en sanglotant amèrement et bruyamment. Encore aujourd'hui, je ne peux pas m'expliquer pourquoi je ne l'ai pas arrêtée dans les escaliers ou du moins devant l'immeuble. Je n'avais aucune idée de l'endroit où elle était allée. Je savais seulement où moi j'allais. Droit dans le mur !

J'ai appelé un taxi et je me suis rendu dans le quartier de Novi Beograd pour prendre la voiture, mais le diable ne me laissait pas une seconde de répit et j'ai fini par sonner chez Ognjen. Personne n'a ouvert pendant quelques minutes et alors que je m'étais déjà retourné pour partir, j'ai entendu quelqu'un déverrouiller la porte d'entrée. Ognjen se tenait sur le seuil, torse-nu, avec un chapeau de paille sur la tête et des lunettes noires.

— Bah alors, où est-ce que t'étais passé ? demanda-t-il. Entre et ne bouge pas ! Je dois te couper les cheveux d'urgence.

Je ne suis pas rentré chez moi les quatre jours qui ont suivi. De mes souvenirs n'étaient restés qu'un tas de fragments vaguement connectés, accompagnés d'un sentiment de chute libre dans tous les péchés possibles. Les stores sont restés baissés. Le dealer nous fournissait en coke, en herbe et en diverses pilules, et le larbin en alcool. Une fois par jour, nous commandions plusieurs pizzas, que nous n'arrivions pas à finir avant la fin de la journée, car nous nous mettions de la nourriture de force dans la bouche, sans avoir d'appétit, dans le seul but de tenir le coup. Encore. Encore ! Et ENCORE !!!

À aucun moment, je n'avais conscience de l'heure de la journée et de ce qu'il se passait dans le monde extérieur. Parfois, des jeunettes débarquaient, parfois des amies plus âgées, j'arrivais même à séduire des collègues qui ne me connaissaient pas sous cet angle, qui avaient de moi une image d'homme honnête et cultivé. Mais une force inconnue m'obligeait à montrer mes tripes pourries à toutes les personnes que j'avais rencontrées dans ma vie. Quelle était cette envie malade de révéler tous mes secrets, mêmes les plus sales ? Si une femme refusait de venir, je lui enverrais un message obscène honteux ou une jérémiade pseudo-poétique dégoutante sur l'absurdité de la vie.

Ognjen était en mesure de mâcher les morceaux d'un verre quand je mentionnais la Krajina, car il en était originaire. Je lui avais demandé comment il était possible que les habitants de la Krajina aient perdu la guerre alors que c'étaient tous des sauvages : « À cause de toi », me coupait-il. Ça n'avait duré qu'un instant, je ne sais pas pourquoi je l'ai retenu. Peut-être parce que je pouvais facilement imaginer Ognjen détruire l'ennemi avec une mitraillette, ou conduire une énorme moissonneuse et avoir onze enfants et beaucoup de terres. Mais à la place, il ne faisait que détruire des jeunettes dans son baisodrome et gâcher sa vie dans l'alcool et la débauche. Ognjen était un héros homérique qui errait dans le banal xxie siècle. Il n'avait conscience d'aucune limite et pas une once de respect. Il ne voulait que boire, baiser et maîtriser tous ceux qu'il rencontrait. Alors que ma débauche était une expression d'évasion et de résignation, il y avait quelque chose de triomphant, presque radieux, dans la sienne. Goran, pour sa part, possédait une habileté incroyable pour se sortir indemne de toutes nos expériences pendant ces quatre jours. Après une beuverie matinale et une partouze à midi, il était en mesure de prendre une douche, se raser, se mettre sur son trente-et-un, boire un café, manger une part de pizza et se rendre à une réunion importante. Il revenait le soir en compagnie de filles, avec une bouteille de tsipouro grec et la volonté de faire la fête jusqu'au matin, où il disparaissait à nouveau pour régler des affaires urgentes. Une telle chose m'était inconcevable. Il suffisait d'un verre pour me transformer en déchet sur pattes et pour me faire oublier toutes mes obligations et responsabilités. Je ne me souviens pas si ça a toujours été le cas, mais je sais que ça faisait déjà un moment et ça n'allait jamais, au grand jamais, changer.

Nenad m'a contacté le quatrième jour. Il m'a dit : « Je suis devant l'immeuble. Si tu ne sors pas dans les cinq minutes, je monte et je vous écrase un par un ! » Je savais qu'il ne plaisantait pas. Lors d'une fête, je l'avais entendu discuter avec un collègue de s'il valait mieux frapper quelqu'un au visage avec un canon ou une crosse. Je ne pouvais pas permettre que Nenad et Ognjen se croisent ne serait-ce qu'un instant. Je me suis précipité hors du bâtiment de Ognjen, en enfilant le pantalon et le pull de ce dernier. Quand il m'a vu, à part me dire que j'avais besoin d'un tuteur, Nenad n'a plus voulu me dire un mot. Il m'a tout de suite emmené au centre de prévention en addictologie de la rue Dreiser, où on m'a admis d'urgence et fait une perfusion. Je me suis endormi. Au réveil, j'ai remarqué que mes parents et mon frère étaient autour de mon lit d'hôpital, mais aussi la psychiatre Vera Čegarević, et bien évidemment – Nenad. Bordel, qu'est-ce qu'il se passe ? Pourquoi hurlaient-ils tous après moi d'un coup ?

4

Le premier janvier, le jour où nous nous sommes disputés et où je me suis comporté comme un con, Kristina s'est d'abord arrêtée chez une amie pour laisser ses affaires, puis elles sont parties dans café à Senjak, qui faisaient aussi office de casino. Des gens de toutes sortes s'y réunissaient : des arnaqueurs, des voyous, des alcooliques, d'anciens forçats, des dealers… C'était l'un de ses endroits où, lorsque vous y entrez, vous avez l'impression d'assister à un rassemblement informel de racailles de toutes les contrées de la galaxie. L'établissement avait été fermé à plusieurs reprises pour des règlements de comptes armés et du trafic de drogue. Je ne savais pas que Kristina était déjà allée dans cet endroit avec son amie turbulente, et qu'elle flirtait avec un certain Boban, un jeune homme qui avait un mandat d'arrêt sur le dos et qui se cachait de la police. Il n'avait que vingt-deux ans, mais avait passé la majeure partie de son âge adulte en prison pour divers délits : de la possession illégale d'armes, en passant par des coups et des blessures graves, jusqu'à la vente de stupéfiants. Après sa dernière libération, il arrêté de dealer de la drogue pour travailler comme videur sur les bateaux discothèques et les boîtes de nuit. Cependant, l'argent qu'il touchait pour se tenir devant une porte n'était certainement pas suffisant pour le quotidien onéreux de Boban.

En apprenant ce qu'il s'était passé, Boban a *généreusement* proposé à Kristina de l'héberger *gratuitement* chez lui, dans un appartement qu'il louait à Mirijevo. Il lui a également promis qu'il pourrait lui trouver un emploi sur un bateau discothèque, dans un casino ou un café du coin, sans aucun problème. Mais il valait mieux qu'elle travaille sur un bateau comme barmaid, car elle pouvait gagner deux à trois mille dinars pour chaque service. Je sais que la puberté est une période où toute absurdité, sans exception, sonne comme une bonne idée, mais accepter de déménager chez un abruti avec un mandat d'arrêt au cul juste pour une dispute houleuse avec son père ? D'accord, je l'avoue, je n'étais pas un ange ce jour-là, mais je pense quand même que la réaction de Kristina était disproportionnée et ridicule. Elle aurait dû au moins sentir le danger, puisqu'elle ne comprenait pas ce qu'elle faisait. Elle avait foulé un champ gouverné par des forces impures ; des forces qui, très vite, entourent un homme des pires personnes possibles ; elles le poussent dans des habitudes destructrices, le privent de liberté, d'espoir et d'estime de soi.

À partir du moment où elle a rompu tout contact avec moi et qu'elle a emménagé chez Boban, Kristina était exposée plus ou moins quotidiennement à des menaces. Dès le premier jour, Boban était maladivement jaloux et faisait constamment des scènes en public, lisait ses messages, vérifiait ses appels. Pour finir, il l'avait complètement isolée du monde extérieur – Kristina n'avait même plus le droit d'appeler sa meilleure amie, pour la courtoisie dont avait fait preuve un de ses amis envers Kristina, rien de plus, mais ça suffisait pour une scène en public, des accès de colère, des verres et des bouteilles brisés, des coups de pieds dans des tabourets de bar. Boban menaçait constamment Kristina de lui casser la mâchoire et de lui écraser les côtes si elle venait à le tromper. Il soupçonnait toute personne avec laquelle elle avait le moindre contact, alors qu'elle travaillait au comptoir et la description de son poste voulait qu'elle parle à des hommes, parmi lesquels se trouvait une poignée de pervers et vieux séducteurs. Elle m'a avoué plus tard que dans son ventre, au plus profond de son âme, elle sentait qu'elle se trompait, tout comme elle savait que toute cette période ne se terminerait pas d'une manière facile et indolore. Kristina a succombé à la croyance erronée que parce qu'elle possédait un courage inné et n'avait peur de rien, cela signifiait que rien de mal ne pouvait lui arriver. Elle se vengeait de son père faible et indigne en s'attirant des ennuis. Mais nous nous vengeons tous de nos pères en nous faisant du mal, pas en leur faisant à eux.

La relation toxique entre Kristina et Boban a duré aussi longtemps que ma cécité spirituelle causée par une rechute dans mes vieilles habitudes. Ce n'est qu'au cours du deuxième mois de convalescence que j'ai pris conscience du fait que ma maladie avait commencé à s'infiltrer en moi, à m'entourer bien avant que je me vautre ouvertement dans le bourbier du vice. Pourquoi avais-je caché à mes parents, à mon frère, le fait que j'étais rentré de Golija avec ma fille biologique ? Par honte ? Ou mon égo vulnérable était bouleversé par l'idée que les miens me condamneraient pour ma jeunesse dépravée, qu'ils allaient me sermonner, ce qui, d'ailleurs, ne s'est pas produit du tout. Peut-être que je voulais quelque chose d'incomparablement plus insidieux : en gardant le silence sur Kristina, j'ai créé une sorte de réserve, je me suis donné une « période d'essai » – car j'étais peut-être trop passif et paresseux, trop égoïste et labile pour être père ? Je m'étais incarné dans le monde de mes habitudes à l'image d'un ongle. Comment changer maintenant ? Et surtout de manière aussi brusque et radicale ? À tout moment, je pouvais simplement appeler les Matijašević et leur dire : « Radmila, je sais que vous n'avez pas d'argent pour l'éducation de Kristina et que Stevan est un abruti de première, mais dans l'état actuel des choses, je suis pire que lui. Il vaut peut-être mieux pour Kristina de grandir au grand air de la campagne, de cueillir des framboises et de vous aider au magasin plutôt que de respirer l'air pollué et d'absorber les vices d'une grande ville physiquement et moralement viciée. »

Lorsque Nenad m'a demandé des nouvelles de Kristina, je lui ai répondu sans réfléchir qu'elle était partie chez les siens à Golija, même si je n'avais pas la moindre idée de l'endroit où elle se trouvait à ce moment-là. Je m'étonnais que Nenad, dont la méfiance atteignait parfois des proportions dignes de la paranoïa, n'ait pas ressenti le besoin de vérifier mes paroles. Il tombait constamment sous le charme de mes douces promesses de changement, de nouveau départ, d'une vie meilleure et d'autres phrases optimistes destinées à un monde honnête et simple d'esprit, qui n'était pas infecté par l'arrogance et le cynisme. Je lui ai demandé de ne rien dire à ma famille au sujet de Kristina avant que je ne l'aie fait moi-même. Il a accepté, même s'il l'a regretté plus tard. Il m'a expliqué qu'une personne normale ne pouvait tout simplement pas s'y retrouver dans tous mes mensonges et mes vies parallèles. « Comment peux-tu vivre comme ça ? », m'avait-il demandé une fois en venant me rendre visite dans la rue Dreiser. « Pour être franc, je n'en sais rien, lui ai-je répondu, je vis par inertie, par quelque habitude aveugle et innée. Sans désir et sans joie. » Nenad baissa les yeux.

Mon frère, Igor, m'a par la suite raconté en détail la réunion de la cellule de crise du 1er janvier, ou plutôt devrais-je dire « thérapie de groupe », car toutes les personnes présentes étaient, d'une manière ou d'une autre, affectées par ma maladie récurrente. Pour la deuxième fois, dans un laps de temps relativement court, j'avais disparu de la maison pour faire la fête sans aucun contrôle, et comme j'étais sujet aux scandales dans cet état de conscience, tout comme à l'anarchie et à certaines bêtises, dont je ne me souvenais même pas, ma famille ne pouvait plus rester les bras croisés. C'était une conversation extrêmement dégradante pour ma personne, dans l'appartement de mes parents, dans un immeuble se trouvant à l'angle des boulevards Južni et Maksim Gorki.

C'est d'abord ma mère Jadranka qui a essayé d'expliquer à Nenad le caractère inconstant de ma maladie, qui dans un état aigu, sans exagération, kidnappait et torturait mon corps. Oleg, mon père, croyait que le problème avait une racine spirituelle et que mon âme était un champ de bataille sur lequel combattaient visiblement « les forces du bien et les forces du mal ». Pour le moment, c'est le grand cornu qui tenait la barre, mais Oleg croyait fermement que Dieu allait de nouveau faire preuve de miséricorde. Igor était sceptique. Il avait paraphrasé un vieux proverbe arabe selon lequel Dieu n'envoie un bateau d'or pour un homme que trois fois dans sa vie, et moi j'ai sauté hors de mon bateau d'or un nombre incalculable de fois, parce que j'étais infiniment arrogant et incapable de me réveiller une bonne fois pour toutes. Pour Nenad, toute cette histoire avec Dieu, le diable et le bateau en or semblait être une simple connerie. Il suggérait l'internement : me séparer physiquement de la bouteille et de mes mauvaises fréquentations, en bref, il proposait qu'on me renvoie dans la rue Dreiser.

En tant que médecin, Igor avait affirmé qu'il existait des cas incurables, des gens dont la passion les conduit en prison et dans des hôpitaux psychiatriques, mais en vain, car après une courte ou longue pause, ils reviennent inévitablement à leurs vieilles habitudes désastreuses. Jadranka a jeté un regard furieux à Igor, lui disant qu'il n'était qu'un « simple interne, pas un psychiatre » et qu'il pouvait montrer un peu plus d'empathie envers son frère qui n'allait pas bien. Pauvre Igor. Personne ne s'inquiétait de sa santé à lui. Il allait sans dire qu'Igor était en pleine forme. Il n'avait pas le choix, il devait toujours l'être pour que je puisse monopoliser l'attention. Je me demande à quoi ressemblerait notre planète si tous les Igor de ce monde perdaient la tête en même temps et décidaient de se foutre en l'air ? J'imagine que les ponts s'effondreraient, que les gens mourraient d'une simple grippe, que le réseau électrique serait déficient, sinon complètement à l'arrêt, les usines cesseraient de raffiner le pétrole, puis les trains resteraient sur les quais et les avions sur les pistes. Pour faire court : le monde plongerait très vite dans le chaos. Puisque le rejet de la faute était la norme, Igor avait commencé à parler des nouvelles méthodes efficaces qu'avait développées la médecine moderne, la combinaison de la psychothérapie à la pharmacothérapie donnait des raisons d'être optimiste, la guérison était possible avec une surveillance médicale et un mode de vie prudent, mais que le traitement ne devait pas se faire contre la volonté du patient, car cela ne mènerait nulle part. Pour Oleg, le problème résidait dans le fait que la volonté du patient était la première victime de cette maladie et qu'il ne fallait pas compter sur elle. « Sur quoi compter alors ?! » s'écria Jadranka avec colère. « Notre Dieu aimant », répondit calmement Oleg.

Nenad suivait attentivement le cours de la discussion jusqu'à ce qu'il se décide à me dire qu'il me donnerait un délai de trois jours pour reprendre mes esprits, ensuite il me trouverait où que je sois et m'emmènerait me faire traiter – gentiment ou par la force. Tous approuvaient tacitement l'ultimatum de Nenad et c'est ainsi que je me suis retrouvé dans la rue Dreiser, après quatre jours de débauche. J'y passais mes journées à écrire des « analyses de comportements », à participer à des séances individuelles et collectives avec mes « tuteurs de traitement », c'est-à-dire ma mère, mon père et mon frère ; je devais prendre du disulfirame, du naltrexone et du paroxétine. Une patiente brune sympathique, Ema, récidiviste comme moi, m'avait appris à jouer au tennis de table. La sécurité nous avait surpris en train de nous embrasser et de nous peloter dans les toilettes, et avaient menacé de nous rapporter au médecin s'ils nous surprenaient de nouveau. Nous étions piégés dans une garderie pour les grands perdants ; dans une école du soir pour les étrangers incapables de vivre de manière indépendante en société.

Ma mère était aussi tombée malade à la même période. Des marques rouges sont apparues sur son visage et ses mains, suivies de difficultés à respirer, et Oleg a pris sur lui tout le fardeau de la situation. Lors des conversations avec les psychiatres, je m'interrogeais à voix-haute. Je ne savais toujours pas en quoi ces deux êtres sereins et décents avaient mérité d'avoir un fils comme moi. J'ai toujours agi comme un sans-abri sorti tout droit d'une famille dysfonctionnelle et je me suis toujours plus facilement identifié à mes pairs qui vivaient un véritable enfer à la maison. Chez moi, au contraire, tout allait pour le mieux du monde. Jamais de disputes, jamais de violences, tout se résolvait de manière diplomatique : par des discussions et des accords. Igor avait, certes, eu ses propres déboires, mais après tout – qui n'en avait pas eu ?

Malgré des crises occasionnelles, c'était devenu un père de famille extraordinaire, dévoué et affectueux. Mais aucune de ces honnêtes personnes n'avait de décodeur pour moi. Je pouvais mentir et manipuler, et s'ils le découvraient, je continuais à mentir et à manipuler sans aucune conséquence. Jeune, je parlais beaucoup, mais les actes n'accompagnaient pas les paroles. À mesure que je grandissais, je parlais de plus en plus et j'en faisais de moins en moins.

« Votre confession, pour autant que je puisse le voir, dit le docteur Hrnjak pendant notre conversation en face à face, n'a qu'une seule fonction : vous libérer de toute responsabilité pour vos actes et pour votre vie. Vous avez une façon très dure de vous juger, cruelle par moments, je dirais, mais cette fausse autocritique n'a évidemment pas pour but de vous corriger et de vous perfectionner sur le plan personnel ou professionnel, au contraire : vous semblez apprécier pour une raison incompréhensible, le fait d'être parfaitement conscient de la profondeur de vos chutes périodiques. »

Que me dirait-il s'il venait à apprendre l'existence de Kristina ? J'ai soudain été submergé par un sentiment de honte extrêmement douloureux à cause d'elle. Je devais de toute urgence me confier à quelqu'un sur ce qui s'était passé avec Kristina. Mais auprès de qui ? Nenad ? Il m'aurait crié dessus. Il m'aurait rayé définitivement de sa vie ! En réalité, je pense que tout le monde me criera dessus, à part mon père, à condition que je le lui dise seul à seul tout en choisissant mes mots, ce que j'ai fait. Je lui ai demandé de m'accompagner dans le couloir devant la salle de tennis de table, où il n'y avait personne à ce moment-là. Je lui ai tout raconté sur Jelena Matijašević, Kristina, son grand-père Stevan, le voyage à Golija et ma rupture avec Nina. Au début, Oleg Tumanov avait du mal à le croire. Il pensait que je plaisantais et que j'essayais encore de le manipuler. Je lui ai demandé d'appeler Nenad s'il ne me croyait pas. C'est ce qu'il a fait. En apprenant que Kristina n'était pas à Golija, Nenad a mobilisé toute la police de Belgrade.

5

Grâce aux informations obtenues auprès des camarades de classe de Kristina, les membres de l'unité d'intervention ont perquisitionné le bateau discothèque S. où cette dernière travaillait au noir comme barmaid. Ce soir-là, Boban Đukanović a réussi à filer à l'heure. Il a été arrêté trois jours plus tard, alors qu'il tentait de franchir la frontière serbo-monténégrine. Il a été condamné à une détention de trois ans. Kristina a été minutieusement interrogée par la police et a signé une déclaration écrite en ma présence. Elle a déclaré que Boban Đukanović l'avait contraint, sous la menace, à travailler sur un bateau pour acheter de l'alcool et de la drogue, qu'ils consommaient ensemble dans un appartement loué à Mirijevo. Kristina a nié le fait que Boban l'avait forcée à avoir des relations sexuelles. Elle a admis qu'elle y avait consenti au début, jusqu'à ce qu'elle n'en puisse plus en raison des menaces qui pleuvaient sur elle. Elle a affirmé que Boban n'était pas violent envers elle, uniquement quand ils étaient tous les deux sous l'influence de l'alcool et de la drogue. À en croire Kristina, c'est la seule raison pour laquelle la résistance qu'elle conservait face à la prise de substances illicites avait cédé, et ce combat n'était pas négligeable, étant donné que son grand-père était un alcoolique doublé d'un tyran, et que son père ne valait pas mieux. Kristina n'avait pas de traces visibles de violence sur son corps, à l'exception de contusions au cou qui, selon elle, n'avait pas été faites contre sa volonté. Ma fille mineure était devenue accro à l'alcool et à la cocaïne et appréciait quand un gars effrayant la strangulait en pleine partie de jambes en l'air. Regarde ce que tu as fait, Maksim ! Tu ne pouvais pas tomber plus bas !

Nenad a probablement pensé que je ressentirais une sorte de satisfaction lorsqu'il m'a informé avec une certaine fierté enfantine qu'il avait personnellement veillé à ce que le jeune Boban reçoive un traitement adéquat à la maison d'arrêt centrale. On infligeait tout un tas de supplices aux pédocriminels, mais Nenad avait personnellement veillé à ce que Boban vive une véritable torture dès son premier jour : une mâchoire cassée à plusieurs endroits, des côtes en morceaux, des blessures au niveau de l'anus... J'ai demandé à Nenad d'arrêter, car ces informations n'avaient aucun intérêt à mes yeux. Je n'en avais rien à faire que d'autres personnes fassent de sa vie un enfer. Tout ce qui me satisferait serait que je lui fasse mal moi-même. Assoiffé de vengeance, je fantasmais souvent sur le fait de lui couper les parties génitales avec un couteau rouillé, puis de les lui faire manger. Cependant, j'étais conscient de me complaire dans ces fantasmes de la même manière que je me complaisais dans les autres : aveuglément et égoïstement. J'ai remarqué que je n'avais pas blâmé Kristina pour ce qu'il s'était passé, pas même Boban, mais seulement moi-même. Je me blâmais au point de me dégoûter de ma personne ; oh, je me méprisais comme jamais auparavant dans ma vie, et je m'en voulais beaucoup pendant cette période. Même si je démembrais le gars qui a souillé ma fille, ce ne serait qu'un autre sale acte d'une longue série qui m'avaient amené à cette situation. Il fallait que j'en termine avec cette saleté.

Et pourtant, aucune métamorphose mystique ne m'était arrivée, aucune remise en question soudaine et inexplicable, à laquelle mon cœur aurait aspiré. Je n'étais pas tombé de mon cheval sur le chemin de Damas. Je n'avais pas entendu une voix du ciel. Ma vie se poursuivait sans but supérieur ; la routine reprenait rapidement et presque imperceptiblement son rythme indifférent, et j'avais des sautes d'humeur fréquentes et la plupart du temps j'étais silencieux, difficile à vivre et d'humeur maussade.

J'ai convenu avec ma famille que Kristina continuerait à vivre avec moi, même s'ils avaient insisté pour qu'elle reste avec eux le temps que je me rétablisse complètement. Ils ont accepté à condition que je poursuive mon traitement dans un dispensaire, ce qui signifiait que je devais suivre des thérapies de groupe en plus de celle que je suivais déjà. Chaque jour je prenais du disulfirame, dont la seule fonction était de reporter indéfiniment ce débat douloureux et épuisant, qui se menait constamment, seconde après seconde, dans ma conscience : boire ou ne pas boire. Dès que ce débat éclatait, cela voulait dire que j'avais déjà tacitement pris position, à savoir, celle qui exigeait de « boire ». Et c'est la raison pour laquelle j'ai accepté de prendre ces fichues pilules, à cause desquelles mon haleine sentait le métal et ma bouche était sèche. Ce n'est que pendant que le disulfirame, cette substance active qui empêchait l'alcool de circuler dans le corps, était dans mon organisme, que je pouvais être sûr de ne pas boire. Dans les thérapies de groupe, j'ai rencontré des personnes qui avaient osé boire en même temps qu'elles prenaient du disulfirame, et c'est ainsi que j'ai pu entendre de première main ce à quoi ressemblait quelqu'un qui se retrouve aux urgences à cause d'une bière ou de la moitié d'une bouteille de vin avec les symptômes extrêmement douloureux d'un empoisonnement grave, qui, dans le pire des cas, pouvait être mortel. Le dilemme « boire ou ne pas boire » de cette manière, grâce au disulfirame, se transformait en un autre dilemme « boire ou vivre ». Qui aurait pensé que j'allais mener si loin ce vice autrefois complètement bénin et insignifiant.

J'ai mis fin à mon congé maladie et j'ai repris le travail. Même si je les percevais comme une corvée insupportable, je travaillais très dur sur mes cours ainsi que leur mise en œuvre, même leur succès ne dépendait pas seulement de ma bonne volonté, mais aussi de l'atmosphère spécifique qui n'était pas la même dans chaque classe. Parfois, vous entrez dans un marais et vous vous enfoncez dans ces sables mouvants, et parfois vous vous asseyez à table et déjeunez avec les dieux. Pour une raison quelconque, cette année scolaire, j'ai décidé de consacrer plus de temps au christianisme, que mes collègues survolaient d'habitude, sans prendre le temps de s'intéresser aux Évangiles, sans mentionner Saint Paul, agissant comme si la scolastique, avec ses preuves exsangues de l'existence de Dieu, était le seul fruit significatif de toute la spiritualité médiévale. En gros, comme si rien de significatif ne s'était passé entre Augustin et Thomas.

J'étais irrité par ce mépris pour le christianisme, et surtout le mépris pour la spiritualité byzantine orientale qui, par rapport à la scolastique occidentale, réalisait une synthèse incomparablement plus profonde de la pensée hellénistique et chrétienne. Ainsi, pendant plusieurs semaines, j'ai donné des cours sur Jésus et les apôtres, sur saint Paul, sur le conflit idéologique avec saint Pierre, sur la signification historique de ses épîtres et de ses voyages, sur le caractère des premières communautés chrétiennes, sur la manière dont les saint pères de Cappadoce au ive siècle de la nouvelle ère ont interprété la notion platonico-aristotélicienne d'*ousia* pour articuler l'enseignement théologique sur le Dieu trinitaire et unique, puis sur le fil ininterrompu de l'alphabétisation et de la littérature helléniques à Byzance après la chute de l'Empire romain occidental, sur Constantinople où Mihailo Psel a fondé la première université d'Europe, sur les hésychastes, les moines de l'Athos, grâce auxquels l'orthodoxie est restée en permanence à l'abri des élans de réforme, qui ont déchiré le corps de l'Église occidentale, ainsi que d'autres sujets sans lesquels on ne pourrait comprendre le contexte spirituel spécifique dans lequel nous, habitants de cette région, vivons.

Cependant, mes élèves baillaient et mouraient pour la plupart d'ennui. Après la splendeur des discussions athéniennes auxquelles ont pris part les esprits les plus doués de l'époque, nous nous sommes soudain retrouvés dans les villages autour de la mer de Galilée, où le fils du charpentier, en compagnie de ses élèves pêcheurs, promettait la béatitude au vulgaire par exemple – à ceux qui pleurent. Mes yeux étaient constamment humides ces jours-là et ma situation me faisait énormément souffrir. Mais pour mes auditeurs, cette problématique était répugnante même au sens physique, car je remarquais que les cours étaient de moins en moins fréquentés et que certains élèves présents arrivaient à peine à rester éveillés.

Je recevais des commentaires quant à l'atmosphère de mes cours, qui était digne de celle d'un cimetière, et des rumeurs ont commencé à circuler sur un groupe de diplômés ambitieux, membres du parlement étudiant, qui avait l'intention de lancer une pétition pour me remplacer. Personne n'avait un sens aussi aigu de la faiblesse humaine qu'un adolescent, personne n'était aussi cruel envers les faiblesses. Accablé par le doute, j'ai envisagé de prendre un congé sans solde et même de démissionner. Je me consolais en pensant au fragment énigmatique concernant Héraclite, auquel Hermann Diels avait attribué le numéro 92 : « la sibylle, de sa bouche en fureur, jette des paroles qui ne font pas rire, qui ne sont pas ornées et fardées, mais sa voix, grâce au dieu qui parle par elle, se prolonge pendant mille ans. » Et je suis désormais telle la sibylle. Ça va les chevilles, mec ?! Assez de cet amour-propre une bonne fois pour toutes. Reprends-toi. Regarde où ça t'a amené.

J'ai serré les dents et je suis allé au bout. En mars nous étions déjà sur le terrain de la renaissance florentine, la pression s'était relâchée, les yeux avaient recommencé à briller et, heureusement, plus personne ne parlait d'une quelconque pétition.

6

Kristina et moi avons convenu de ne plus rien nous cacher. Nous étions d'accord que la racine de tous nos malentendus résidait dans le manque de sincérité de notre relation. Nous n'avions jamais parlé de quoi que ce soit d'important auparavant et n'avons rien entrepris de significatif. Quant à la conversation, après tout ce qui s'est passé, nous nous sommes suffisamment ouverts l'un à l'autre.

J'ai avoué à Kristina que je n'avais jamais voulu d'enfants et que j'essayais d'en avoir juste pour faire plaisir à Nina. Mais je doutais également de la sincérité dont elle faisait preuve dans son souhait. Il me semblait qu'il y avait un temps pour tout dans la vie. On sait quand il faut étudier et quand il faut travailler. On sait quand il faut faire la fête et quand le temps est venu pour une longue relation. On sait également quand le temps est venu de passer d'une longue relation au mariage, et enfin, on sait qu'à la trentaine, une femme devrait accoucher pour la première fois. « Je veux avoir un enfant avec toi », c'est ce que Nina m'avait dit dans un élan d'extase, alors que nous grignotions des morceaux de parmesan, les arrosant avec un excellent vin local dans une taverne romaine à l'abri des regards non loin du Panthéon. Notre amour était encore naissant, plein d'agréables incertitudes et de cette inexplicable confiance en l'avenir. J'ai accueilli sa déclaration le sourire aux lèvres et j'y ai vu une sorte d'aveu, même si dans mon for intérieur je me demandais : Qu'est ce qui lui prenait de me dire ça, nous étions si bien ensemble et nous ne manquions de rien ? Ne se rendait-elle pas compte qu'un enfant nous éloignerait pour au moins quelques années ? Ne comprenait-elle pas que nous ne parlerons plus du Caravage et de Rilke, mais de la couleur du caca, des couches, des pommades, d'aspirateurs nasaux ? L'arrivée d'un enfant signifie la transformation irréversible d'une relation amoureuse en une relation amicale, et ce uniquement si les époux ont de la chance et ne se font pas la gueule pour chaque détail ou dès que l'un en fait plus que l'autre. Demandez à Knausgaard si vous ne me croyez pas. J'étais bête et égocentrique, je croyais que les gens voulaient des enfants de la même manière qu'ils veulent tous les autres symboles de statut social : un plus grand appartement, une meilleure voiture, un nouvel iPhone, un premier enfant, puis, bien sûr, un second, et enfin un gentil petit Jack Russell, dans le seul but de compléter ce tableau idyllique de Noël. En observant d'autres couples, j'ai remarqué que c'était une manière de s'imposer face à la société et de faire taire une bonne fois pour toutes, grands-parents, oncles et tantes. Mais pourquoi est-ce que je jouais à l'intelligent ? C'est le grand terrain qu'on foule sans réfléchir, car c'est *seulement* sur ce terrain que peut s'acquérir une forme de bonheur, peu importe le vide qui s'y trouve. J'ai toujours secrètement envié les gens qui ont su placer leur existence dans ces tableaux anonymes et de trouver le bonheur entre leurs frontières. Mais je ne faisais pas que les envier, je les méprisais aussi. « Le malheur a été mon dieu », pouvait-on lire chez Rimbaud, me semble-t-il. Kristina m'a soutenu et m'a immédiatement informé qu'elle s'était promis, bien avant notre rencontre, qu'elle n'aurait jamais d'enfants parce qu'elle ne voulait pas donner la vie à des êtres qui ne connaîtraient que la douleur du monde. Cela m'avait encouragé à présenter jusqu'au bout mes opinions anti-natalistes de jeunesse, dont j'avais d'ailleurs assez honte maintenant. Je n'ai pas trouvé de réponse suffisamment rationnelle et convaincante à la question suivante : pourquoi me reproduirais-je ? La seule chose que mon enfant pourrait hériter de moi est ma souffrance. La gradation de la douleur pouvait être bien démontrée sur l'exemple d'une vie humaine. L'enfance est souffrance, la jeunesse l'est encore plus, l'âge adulte, avec sa conscience de ses propres limites, ouvre un tout nouvel univers de douleur, pour que prenne enfin place la vieillesse, l'âge de la souffrance pure et de l'impuissance dévastatrice. Grâce à des délires persistants, nous oublions parfois toute cette souffrance. Jeunes, nous espérons qu'elle passera un jour, vieux et dans le déni, nous pensons que notre vie était meilleure avant. Au cours de mes études, j'ai nourri une foi ardente que la connaissance serait le bien salvateur qui m'apporterait la libération finale. Cependant, la connaissance n'a non seulement pas réparé ma nature pervertie, mais n'a fait que compliquer davantage ma vie, car à cause d'elles, j'ai pris conscience du gouffre béant entre ma réalité quotidienne et les idéaux auxquels j'ai aspiré sans succès. L'opinion et la foi ont placé le seuil d'une vie digne trop haut pour la nature humaine. Du moins, bien trop haut pour ma nature. Toutes ces écoles de pensée et de vie, toutes ces histoires d'ascètes et de sages, ne m'ont pas perfectionné pour le moins du monde, mais ont seulement contribué à ce que mon propre néant plane constamment sous mes yeux. Il m'a été donné de voir ce qui est sublime, mais pas d'atteindre ce même sublime dont je ne pouvais toujours pas me débarrasser, car je le voyais de manière plus claire que les choses qui m'entourent. Et c'est justement parce que j'étais guidé par le sublime, que je ne pouvais tout simplement pas tomber ou trébucher, je ne pouvais que plonger droit dans l'abîme. Toujours plus profondément. Bien trop ancré dans cet abîme pour me refaire une virginité. Bien trop sournois pour être contrit. Bien trop lâche pour éprouver un repentir sincère.

7

Je ne pouvais pas m'en empêcher, j'avais ressenti le besoin de parler à Kristina de l'époque à laquelle je traînais avec Viktor et Rastko. Tous les trois nous nous jetions la tête la première sur le bonheur humain sous toutes ses formes conventionnelles, et il est sûr que la fin de notre amitié n'avait pas pu faire en sorte que chacun de nous, du jour au lendemain, change d'avis et embrasse les valeurs qui nous répugnaient auparavant. En réalité, seul Viktor ne s'était pas mis à faire semblant ; seul lui avait essayé de continuer à vivre conformément à la conviction que la vie en tant que telle était sans valeur et dénuée de sens et qu'il ne fallait pas être prudent avec elle, à l'image de tout bon commerçant avec un capital, qu'il fallait sauver et investir rationnellement, mais plutôt le dépenser, le dilapider, le consumer dans l'ivresse et la débauche, tant que le corps en est capable et tant que vos proches ne perdent patience et décident de vous faire interner. Rastko a été le premier à lâcher. Ses parents arrivaient à peine à joindre les deux bouts, ils avaient été obligés de vendre une partie de leurs terres et d'emprunter une somme d'argent considérable, afin que Rastko puisse couvrir ses loyers impayés ainsi que les frais de scolarité croissants à l'université, où il a, soit dit en passant, passé plus d'années à prolonger ses études plutôt qu'à étudier. Lorsqu'il avait des périodes de crise, Viktor clamait qu'il avait picolé et sniffé suffisamment pour un appartement d'une bonne cinquantaine de mètres carrés dans un quartier attrayant de la ville. Mais le plus désagréable était les appels matinaux de la mère de Viktor, qui arrivaient toujours au moment où je pensais que la gueule de bois et les remords allaient me rendre fous. Avant de répondre, Viktor toussait bruyamment et prononçaient quelques mots sans rapport afin de préparer sa voix pour une nouvelle série de mensonges. « Bonjour, maman, non, je ne peux pas parler maintenant, je t'appelle plus tard, je suis à la bibliothèque… »

J'avais réussi à convaincre mes parents qu'il n'était pas naturel que leurs enfants vivent sous le même toit qu'eux après leurs vingt-et-un ans, soutenant mes prétentions infâmes avec l'exemple de mon frère aîné, qui avait déménagé à cet âge pour vivre avec sa petite amie avec laquelle il sortait depuis le lycée et avec laquelle il fonderait plus tard une famille. C'était très cynique de ma part, car Igor, en plus d'avoir passé haut la main ses examens de médecine, occupait divers emplois à temps partiel, de la réparation d'ordinateurs à la traduction, ce qui avait considérablement facilité la situation financière des parents. Et contrairement à Igor, qui aspirait vraiment à devenir indépendant sur le plan financier le plus tôt possible, moi je n'aspirais qu'à obtenir un espace dans lequel je pourrais m'abandonner aux vices sans entrave. Louer un appartement était trop cher. J'ai proposé à Viktor de vivre avec lui, et en retour, nous partagerions les frais. Cela va de soi, nous picolions énormément pendant cette période. Après six mois de vie commune, Viktor a fait sa première crise d'épilepsie. Elle est apparue sans prévenir, en plein jour. Nous nous étions parlé vingt minutes plus tôt, je l'avais appelé pour lui dire de me préparer un café, lui m'avait demandé de lui acheter des cigarettes. J'étais confus en voyant qu'il n'ouvrait pas la porte. Je ne pouvais pas ouvrir car sa clé était dans la serrure. Je n'arrêtais pas de sonner et frapper, un peu confus, car on entendait de la musique à l'intérieur – je ne l'oublierai jamais, la chanson « Loneliness » des Tuxedomoon, que nous écoutions souvent à cette époque. J'ai tout de suite pensé qu'il s'était pendu. Pourtant, il avait l'air parfaitement normal il y a tout juste vingt minutes, pourquoi m'aurait-il demandé de lui prendre ses foutus clopes s'il a décidé d'en finir ? Ça n'avait aucun sens, même si beaucoup de choses dans la vie de Viktor étaient dépourvues de sens.

Il a finalement ouvert la porte. Je ne pouvais comparer à rien l'horreur qui m'a submergé au moment où je l'ai vu. Viktor était couvert de sang, juste au-dessus de l'œil il avait une large entaille sous laquelle apparaissant l'os. Je n'avais jamais vu un os humain dans ce contexte. Il brillait comme du pudding. J'avais ressenti un mélange de peur et de dégoût.

— Putain ! Viktor ! Qu'est-ce qu'il s'est passé ?! Qui t'a fait ça ?!

— Qu'est-ce qu'il t'arrive ?

— Comment ça qu'est-ce qu'il m'arrive ?! Regarde-toi, putain de merde !

Le regard de Viktor était vide et inexpressif, il n'était pas du tout conscient de ce qui se passait et ça m'avait encore plus perturbé. La première chose qui m'est venue à l'esprit est qu'un ex ou le petit-ami d'une de nos invitées s'était pointé avec son équipe à la porte pour venger son orgueil souillé. Parfois, j'étais convaincu que ce n'était qu'une question de jours avant que cela n'arrive vraiment.

— Qui t'a fait ça ?! Réponds, vite ! Ils sont peut-être pas loin ! Pourquoi tu réponds pas et c'est quoi ces yeux de merlan frit ? Dis quelque chose, merde !

Je suis entré dans l'appartement et j'ai vu une mare de sang sur le sol, près du radiateur. Il est tombé et sa tête a heurté le radiateur. À quelques millimètres près, il perdait son œil. Mais pourquoi était-il tombé ? Viktor était perdu et il n'était pas en mesure de me raconter ce qui lui était arrivé. Il s'est assis sur le canapé, il était anormalement calme, il avait quelque peu divagué, comme s'il était en plein rêve. Son jean était trempé. Il s'était pissé dessus ! J'ai d'abord appelé Rastko qui est arrivé en moins de dix minutes, à peu près au même moment que les urgences. Nous avons passé toute la journée avec Viktor à l'hôpital, où il a d'abord été recousu, puis soumis à des examens. À l'aide d'un EGG, il a été déterminé que Viktor avait été victime d'un grand mal, sa première crise d'épilepsie. « C'est le signe que nous sommes allés trop loin, constatait Rastko en panique, on ne peut plus continuer comme ça, des éclats d'obus ont commencé à tomber dans notre fossé. » Rastko avait, bien sûr, tout à fait raison. La crise de Viktor devait être vue comme un avertissement. Mais non seulement nous n'avons pas arrêté, mais nous nous sommes jetés dans l'ivresse et dans des aventures encore plus féroces qu'auparavant.

L'état d'urgence dû à la chute de Viktor avait duré trois jours. Des proches venaient lui rendre visite, lui apportaient des médicaments, des fruits et de la nourriture faite maison. Rastko était très perturbé, en particulier au moment où il s'est rendu compte que Viktor, lui, ne l'était pas. Il lui avait acheté un distributeur à médicaments en plastique, dont les cases à gauche indiquaient le soleil au matin et à midi, tout comme le lever de la lune, ce qui devait signaler l'heure de la journée à laquelle il fallait prendre les médicaments appropriés. Rastko s'occupait très dur de Viktor à cette époque : il faisait les courses, mettait la table, l'obligeait à manger trois fois par jour, ce que ce dernier ne faisait jamais, il faisait la vaisselle dans la baignoire (nous n'avions pas de lavabo), passait l'aspirateur et essuyait les sols, lançait les lessives puis les étendait, et passait son temps libre à étudier l'épilepsie, et avait lu les expériences des personnes qui en souffraient. Il en était arrivé à la conclusion que le patient devait mener une vie saine, prendre régulièrement ses médicaments, dormir la nuit, éviter les efforts intellectuels ; les beuveries et la drogue étaient à exclure, car elles pouvaient directement provoquer une nouvelle crise. Le troisième jour, il avait même réussi à emmener Viktor à Ada, tôt le matin. Dans ce nouveau mode de vie, je me sentais à nouveau comme la troisième roue du carrosse, un élément étranger. Rastko avait de nouveau tenté de privatiser Viktor à mes dépens. Mais l'allié le plus puissant était de mon côté : la docilité de Viktor ainsi que son manque inné de volonté.

Je me souviens très bien de ce mercredi de juillet – je ne l'oublierai jamais. Viktor et Rastko sont rentrés affamés comme des loups après avoir passé toute la journée sur la plage d'Ada. Rastko s'est pressé pour réchauffer les choux farcis et couper les tomates, les concombres et les oignons pour la salade, tandis que Viktor essayait de trouver une version de qualité du film *The Hours*, qui, parmi nous, n'avait laissé aucune impression sur Viktor, alors que Rastko et moi l'avions regardé ensemble et séparément à plusieurs reprises. Et nous étions toujours sous le charme de ce film, à la fois par la profondeur et la nuance des personnages et de leurs relations délicates, mais aussi par la musique envoûtante du film, composée par Philip Glass. Cunningham, Daldry et Glass. Quel heureux choc d'individus doués appartenant à différents domaines artistiques ! Aucune chance pour moi de verser une larme au moment où Ed Harris prononce la phrase : « *I don't think I can make it to the party, Clarissa.* »

Alors que Viktor et Rastko étaient sur la plage d'Ada, j'étais chez mes parents pour le déjeuner. Jadranka avait fait en sorte de m'accueillir avec des chemises lavées et repassées, et moi d'apporter un sac à dos suffisamment spacieux pour à nouveau voler de quelques bouteilles. Grâce aux chemises que j'ai mises entre deux quilles de Russky standard, aucun tintement ne s'est échappé du sac lorsque j'ai quitté la maison. J'avais réussi ce coup crapuleux à plusieurs reprises.

En voyant que j'avais ramené deux litres de vodka dans l'appartement, Rastko était à deux doigts de me jeter de la vaisselle dessus. Plutôt que de bien manger et enfin regarder tous les trois notre film préféré, j'étais venu gâcher la soirée ; et encore, si ce n'était que ça, j'étais si cruel et égoïste que j'étais prêt à détruire la santé déjà altérée de mon meilleur ami, qui commençait tout juste à se remettre. « Oh oh ! Tu as apporté le plat de résistance ! », acclamait Viktor, alors que Rastko était devenu fou, nous envoyant tous les deux nous faire foutre. Très remonté, il s'est précipité hors de l'appartement, claquant la porte derrière lui.

Vers une heure et demie du matin, nous avons sonné à l'interphone de Rastko. On venait juste de siffler une bouteille et demie de vodka. « Madame Dalloway », criai-je alors que nous montions les escaliers. Viktor ricanait. Des insultes parvenaient clairement du cinquième étage, je ne me rappelle pas ce que Rastko nous répétait, mais je n'oublierai jamais son visage stupéfait en nous voyant devant son appartement. Je ne crois pas qu'il l'oubliera non plus. Viktor et moi étions complètement nus, de la tête aux pieds. À part le slip que nous portions sur la tête en guise de chapeau (celui de Viktor était blanc, le mien rouge), et les clés que Viktor tenait dans la main – nous n'avions rien d'autre, même pas de cigarettes. Toutes nos affaires étaient restées à l'appartement, à un moment donné, nous avons eu la sacrée bonne idée de rendre visite à « Madame Dalloway » complètement nus, pensant, je suppose, lui remontrer le moral. Mais Rastko nous avait claqué la porte au nez avec colère et ne n'a pas voulu nous laisser entrer. À ce moment-là, notre plan idiot a pris un nouveau sens que je qualifierais d'émancipateur. Puisque nous étions dans la rue Nušić, à cinq minutes de la place de la République, j'ai suggéré de démontrer notre liberation de l'asservissement par les conventions humaines avec un défilé triomphal à travers le centre-ville. C'est ce que nous avions fait.

Sur la place, près du monument dédié au prince Michel, un groupe de gothiques enthousiastes nous a donné des cigarettes. À cette heure de la nuit, ce sont surtout des jeunes qui traînaient dans le centre, il y avait aussi beaucoup d'étrangers. Certains nous ont applaudis. Mais la plupart nous ignoraient. Deux Polonaises ont pris des photos de nous dans la rue du prince Michel. Heureusement que tout cela avait eu lieu à une époque où les smartphones n'existaient pas et où les réseaux sociaux n'en étaient qu'à leurs balbutiements. Il y avait aussi des curieux qui nous demandaient s'il était question d'un pari ou d'une performance artistique. On racontait bien sûr de la merde, incitant toutes les personnes qui s'adresseraient à nous à faire la même chose – se mettre nu et se joindre à nous, car ainsi elles se sentiraient libérées du joug de l'opinion publique déformée sur ce qui est approprié et décent. Il fallait suivre la nature, ne pas obéir à des coutumes humaines artificielles, etc. Mon Dieu, quelles conneries ! Une bagarre avait éclaté devant la boite de la rue Rajić au moment où nous passions. Les garçons, à peu près de notre âge, se frappaient férocement alors que nous passions tranquillement entre eux. Personne ne nous a regardé de travers. « Ce ne sont pas nos histoires », avait calmement commenté Viktor. « Eh ouais, ai-je répondu, nous n'avons d'histoires avec plus personne, les histoires ne touchent que les gens trompés par leurs faux jugements, nous, nous ne sommes plus des gens, mais des êtres divins, si ce n'est angéliques. » Nous avons donc poursuivi vers le monument du Vainqueur situé dans la forteresse de Belgrade, sans aucune hâte et sans la moindre crainte. Comment se fait-il qu'il ne nous soit jamais venu à l'esprit que nous puissions croiser une connaissance ? Heureusement, cela ne s'était pas produit.

Sur le chemin du retour, près de la vitrine de Belgrade, nous avons croisé un groupe de touristes australiennes, qui étaient visiblement impressionnées par notre exploit, tout comme par nos attributs. Alors qu'elles s'apprêtaient à accepter de venir prendre le thé chez nous, un véhicule de patrouille de police est soudainement apparu devant nous, comme sorti de nulle part. Avant même que l'un des policiers n'ait eu le temps de dire quoi que ce soit, j'avais déjà commencé à le persuader d'enlever sa cravate, d'ôter le poids du rôle social qui lui était imposé et de nous suivre sur le chemin de la nature. « Jeune homme, laisse-moi t'expliquer brièvement la procédure : les gens comme vous, en règle générale, on les emmène à la clinique Laza », a-t-il gentiment répondu. Heureusement, les policiers étaient d'une tolérance déconcertante et ne nous ont pas harcelé à cause de notre nudité ou parce que nous n'avions pas nos papiers sur nous. Comme ils croyaient que nous vivions dans le coin (qui était assez fous pour partir nu depuis le quartier de Kaludjerica ?), ils nous ont dit de remettre nos pantalons sur le champ et de rentrer fissa chez nous, car s'ils tombaient à nouveau sur nous – ils nous traiteraient conformément à la loi. C'est ainsi qu'ils ont foutu en l'air notre thé avec les Australiennes, mais au moins, nous ne nous sommes pas réveillés à la clinique Laza ce matin-là. Je crois aujourd'hui que nous sommes rentrés chez nous sains et saufs en cette nuit de juillet parce que tout avait eu lieu au milieu des années 2000. J'ose à peine imaginer comment quelqu'un qui essaierait de faire quelque chose de similaire au cours de cette décennie sans pitié s'en tirerait.

8

Quelques mois après la première crise d'épilepsie de Viktor, les choses ont commencé à changer de manière significative. Rastko s'éloignait de plus en plus, tandis que Viktor avait commencé à fréquenter Marta, dont il avait été le point faible depuis la première année de fac. Je ne pensais pas qu'une telle chose soit possible, mais c'est arrivé : Viktor est tombé amoureux. L'amour s'est propagé sous sa forme monogame possessive et, bien sûr, je n'avais plus rien à faire là. Je n'osais pas faire de remarques sur le compte de Marta, car non seulement elle ne les méritait pas, elle était infiniment attachée à Viktor, luttant pour sa volonté instable, pour sa santé altérée, pour ses vagues projets d'avenir ; j'ai accepté cette nouvelle situation car je savais que les amitiés se brisaient inévitablement lorsque les amis essayaient de se mettre au-dessus des filles. Marta a essayé de toutes ses forces de faire sortir Viktor de son enfer privé, et une telle chose n'était possible que si Viktor s'éloignait de moi, la source constante de problèmes. Il n'y avait pas de querelles ou de conflits ouverts. Après une beuverie, alors que j'étais particulièrement difficile et caustique, Viktor m'a fermement annoncé que je devais quitter son appartement, car il souhaitait vivre avec Marta. Je suis retourné chez mes parents comme un pauvre con, sans argent, sans amis, avec un tas d'examens ratés, que je ne voulais pas préparer car rien à part l'ivresse et la débauche ne m'intéressait. Je faisais semblant d'être heureux pour Viktor, car il était tombé amoureux, je faisais semblant d'être heureux pour Rastko, car il s'était rangé. Mais dans mon for intérieur, j'étais indigné et abandonné.

J'ai appris au bout d'un an, que Viktor avait rompu avec Marta et qu'il avait commencé à travailler au Bar V dans le boulevard de Stefan le despote. Une occasion pour que je revienne dans sa vie. Un soir, j'ai proposé à Mila et ses amies que nous nous retrouvions dans ce bar pour savourer des cocktails. J'ai enchaîné les Long island et embrassé Mila sur le podium, démontrant ma liberté sans entrave devant Viktor, qui était visiblement au bord de la dépression nerveuse à cause de la fatigue et de l'insomnie. Il avait proposé lui-même que nous allions le voir à la fin de son service, ce que j'espérais entendre. Son appartement avait l'air différent, plus en ordre. Marta avait acheté diverses choses, comme une machine à café à filtre, des couvertures et des oreillers indiens colorés, un Lazy bag dans lequel je me suis immédiatement affalé, beaucoup de vaisselle avec des motifs géométriques délicats, des peintures encadrées, etc. Viktor ne s'était vraisemblablement pas remis de sa rupture, alors j'ai préféré ne pas lui poser de questions sur le sujet, son seul commentaire fut : « C'est mieux pour elle, croyez-moi. » Parmi toutes les amies de Mila, c'est Nina qui me plaisait le plus, mais c'est Viktor qui lui plaisait à elle. Peu importe ma jovialité et mon éloquence, j'étais tout simplement repoussant pour Nina. Elle a dit qu'elle n'avait jamais rencontré un homme aussi arrogant que moi. Eh puis zut, rien à faire, Mila était toujours là pour mes frasques. De toute façon, elle ne se remettra jamais de ces trois mois où nous étions quasiment tous les trois en couple. Pour Viktor et moi, ce n'était qu'un de ces souvenirs que nous voyions comme un trophée remporté par des efforts communs, alors que pour Mila, il s'agissait d'un événement qui avait changé sa vie et qui l'avait rendue incapable d'avoir des relations normales avec les hommes. Viktor était triste ce soir-là et il était bien plus intéressé par son herbe que par le sexe. Alors qu'il raccompagnait Nina à son bus de nuit, Mila et moi étions déjà nus dans son lit. À son retour, c'est à peine s'il ne s'était pas écrié : « Dégagez de mon plumard, vous me rendez dingue ! » Mais il s'est retenu, non sans effort.

Il est resté raide comme une statue de marbre pendant une minute ou deux, près du lit. Je lui ai soigneusement déboutonné la chemise et Mila a commencé à lui embrasser lentement la poitrine et le cou. Il s'est vite détendu et nous avons passé un bon moment. Mais pas aussi bon qu'autrefois.

Le lendemain, seule Mila était de bonne humeur, comme à son habitude, elle causait à toute vitesse, pendant que Viktor et moi échangions des regards amers. Ça ne pouvait plus continuer comme ça. Nous avions perdu tout enthousiasme et attrait pour ce qu'on faisait, et on se forçait. Dès le matin, Nina avait envoyé des messages à Viktor, elle était enflammée et lui, indifférent. « Je ne peux rien donner à personne », disait-il. Malgré cela, Nina venait sans arrêt au Bar V, lui tenait compagnie au comptoir, attendait la fin de son service. Toute cette situation avait fini par fatiguer Viktor et à être perçue comme une charge, alors un soir il s'est adressé à elle de manière assez brutale, lui disant qu'il n'était « qu'une pure invention dans sa tête », qu'elle devait rentrer chez elle et ne plus le déranger. Ça avait réveillé la rancune caractéristique de Nina, qui s'est mise à boire et à se jeter sur tous les hommes qui avaient l'air décent. Quand un ami ivre du propriétaire du bar, un vieux pervers qui lui avait auparavant demandé de le suivre dehors pour qu'il lui montre sa voiture et des conneries du genre, est descendu aux toilettes après elle, je les ai suivis. Ce gars répugnait Nina, elle le repoussait dans les toilettes des femmes, alors qu'il se montrait insistant et lui rentrait dedans. Je me suis approché de cette crapule et lui ai calmement fait savoir que ce n'était pas une façon de se comporter avec une dame et que, s'il n'arrêtait pas sur le champ, je serais obligé de le provoquer en duel à l'aube. J'ai mentionné des armes à feu, des témoins, une barrière et une distance de dix pas. À la russe. L'un de nous ne rentrera certainement pas chez lui vivant. Le gars s'est mis à rire, a dit qu'il n'avait jamais rien entendu d'aussi drôle, s'est retourné et s'en est allé. Bien sûr que c'était du bluff et que je n'étais pas prêt à aller me faire recoudre la tête, mais j'avais enfin réussi à faire bonne impression auprès de Nina. Elle a pleuré, avant de me prendre dans ses bras. Je l'ai raccompagnée chez elle et lui ai demandé de m'écrire à son réveil pour que je sache qu'elle va bien. Tout changeait, il était grand temps pour moi de suivre cette vague.

9

C'est ainsi que je me relevais puis chutais, me relevais à nouveau et chutais encore, je répétais les mêmes erreurs, je tournais en rond, il m'arrivait de retourner à des endroits que je pensais à tort avoir quitté une fois pour toutes. Il fallait s'accrocher à une nouvelle illusion, grâce à laquelle la vie redeviendrait possible. Au moins pour un moment. Je ne suis plus jeune, j'ai vécu beaucoup de choses, mais je me battais toujours corps et âme contre mes pulsions qui ne fléchissaient pas, tout comme j'étais encore en proie à des exaltations qui, avec le temps, perdaient leur intensité ainsi que leur force de persuasion. Je n'en pouvais plus de souffrir. Les passions m'avaient épuisé. J'avais l'impression de vivre depuis plus de trente mille ans.

Après avoir quitté la clinique de la rue Dreiser, en plus de mes habitudes et de mon style de vie, j'ai changé de numéro de téléphone. Le message le plus anodin de Goran, Mila ou d'une autre personne avec laquelle j'ai partouzé pourrait me titiller, m'irriter ou tout simplement me perturber. Je suivais régulièrement ma thérapie et après une longue pause, j'ai repris l'entraînement et me suis remis à courir sur des terrains ouverts. Je m'étais également remis à la lecture. Je me suis lancé dans les évangiles et les écrits des Saints Pères. Le ton pastoral et didactique spécifique de ces derniers m'avait vite épuisé, alors je me suis limité au Nouveau Testament, dans lequel j'ai toujours réussi à dénicher quelque chose qui allait me réconforter, même pour une courte durée. En vrai paranoïaque, je m'étais rentré dans la tête que j'étais personnellement concerné par le passage dans l'histoire du Christ sur le semeur dont la graine (la Parole) tombe sur « les roches ». Je suis de ceux qui écoutent la parole et l'embrassent aussitôt avec joie, mais comme ma personnalité ne puise pas ses racines en moi et que je suis de ce fait instable, les premiers coups durs de la vie ou la maladie suffisaient à m'offusquer et à me faire oublier la Parole, le Semeur ainsi que ma propre personne.

Mon humeur fluctuait de façon vertigineuse, d'heure en heure. La fin de l'année scolaire approchait à grands pas, je m'imaginais déjà louer une petite maison sur cette péninsule tranquille et parfumée qu'est la Sithonie, couverte par des forêts de pins ; une maison dans laquelle Kristina et moi passerions toutes les vacances scolaires ensemble. Mes parents pourraient nous rendre visite là-bas, ainsi que mon frère et sa famille, la grand-mère de Kristina, Radmila, mais aussi les amies de Kristina, si elles décident de passer l'été avec leurs parents dans cette partie de la Grèce. L'idée était certes belle et attrayante, mais difficilement réalisable, principalement pour des raisons financières. J'étais assez fou pour contracter un autre prêt, même si le dernier m'avait littéralement enterré. Mais j'avais l'habitude de ne jamais rien résoudre à l'avance dans ma vie, je m'attirais d'abord des problèmes, et ce n'est qu'ensuite que j'en ôtais la mouise et que je manœuvrais. Même si je ne savais pas encore si nous allions voyager ou pas, j'avais décidé qu'il était certainement préférable de faire à Kristina son passeport.

En sortant de la préfecture de la rue Savska, où j'ai déposé une demande de passeport pour ma fille mineure, ma Ford a tout à coup refusé de démarrer. La batterie était probablement morte. J'ai immédiatement commencé à trembler alors que j'étais aux prises avec une terrible crise de colère, j'ai frappé le volant ainsi que le tableau de bord, puis j'ai quitté la voiture et assené des coups de pieds aux pneus. Pendant que je faisais ma gymnastique au beau milieu de la rue, Kristina m'a appelé pour me dire qu'elle avait eu suffisamment de points au test final pour aller dans le lycée qu'elle souhaitait, celui où j'enseignais. Je l'ai tout de suite pris pour un signe. J'ai appelé Nenad de ce pas, lui demandant de me trouver un acheteur pour ma voiture, le cas échéant en dessous du prix du marché. Une Ford fiesta de 2008 qui n'avait même pas cent cinquante mille kilomètres au compteur… Une voiture assez solide pour les conditions urbaines. C'est ainsi que j'ai vendu, sans raison, ma voiture à laquelle il ne manquait rien si ce n'est une nouvelle batterie, pour la modique somme de 1 700 euros. Le même jour, sans réfléchir, j'ai fait don de la totalité de cette somme à l'orphelinat de la rue Zvečanska.

Alors que j'attendais le bus pour rentrer, je regardais le ciel bleu d'été sans un seul nuage à l'horizon, mon regard s'était perdu dans l'azur, qui me rappelait mon enfance et mes premiers émerveillements, ma stupeur à la vue de ce mystérieux bleu sans fin et de son insondable présence. Ce fut la première fois que j'avais pris conscience de mon existence, de l'existence du monde, et qu'en cela résidait non seulement quelque chose d'indicible, mais aussi de parfaitement incompréhensible. Je me suis alors convaincu qu'à ce moment-là, en attendant le bus, j'ai entendu, ni plus ni moins, qu'une liturgie dans les cieux, ou une liturgie céleste, quelque chose comme ça. Plutôt que la douleur et la peur habituelles, qui me donnaient des sensations d'oppression dans la poitrine à longueur de journées, j'ai soudainement senti une sorte de grâce m'envahir, je baignais dans la lumière et la chaleur qui s'est déversée sur moi en même temps que les paroles de l'hymne de la chorale céleste. « Seigneur ayez pitié, Seigneur ayez pitié, Seigneur ayeeezzz pitiiiiééé… » J'étais fermement convaincu que ce jour-là j'avais enfin senti la main de Dieu dans mon âme et qu'après cela, plus rien ne serait plus pareil. La lumière du Tout-puissant est venue chasser les ténèbres une bonne fois pour toutes. Soudain, le sens de la résurrection m'est devenu clair : la vie dans le mensonge est la mort, tandis que la résurrection est le don d'une nouvelle vie dans la vérité. Le passé ne me dérangeait plus. Tout ce qui est un jour arrivé – devait arriver pour me conduire à cet instant. Je suis parti à pied pour rentrer chez moi. Je marchais sur les trottoirs comme sur des nuages.

J'ai appelé le docteur Vera Čegarević pour lui annoncer sur un ton triomphant que j'étais un homme nouveau, que j'étais mort au nom du péché et que je n'avais plus besoin de ses conseils tout comme de ses ordonnances. Vera n'avait jamais eu l'air aussi inquiète auparavant. Elle m'a supplié de ne rien faire par moi-même, de venir pour un rendez-vous urgent, de préférence le jour-même, que les conséquences de mon état hypomaniaque pouvaient être très dangereuses et que ma crise était typique de la structure cyclothymique d'une personnalité comme la mienne. Je lui ai raccroché au nez. Mais je n'étais pas fâché. Pourquoi le serais-je, contre cette femme perdue ? Elle aussi est spirituellement aveugle et malade, comme tout le monde, comme moi avant que je ne ressente la main de Dieu dans mon âme. Je lui pardonne comme je pardonne à tous ceux qui m'ont fait du mal, à partir d'aujourd'hui je serai indulgent avec les autres et strict seulement avec moi-même. Je suis un homme nouveau.

J'ai emmené Kristina déjeuner au restaurant Sokoj de la rue Mišarska. Kristina n'avait pas l'habitude de me voir si radieux et excité, alors elle était un peu tendue au début, mais plus tard, et je remercie notre Seigneur, elle s'est détendue. J'ai tout de suite demandé au serveur de nous amener du kajmak, du fromage, du jambon et du pain de maïs. « Voulez-vous boire quelque chose ? demanda le serveur. Nous avons un large choix de vins des meilleurs domaines viticoles du pays… » J'ai failli lui répondre : « Bien évidemment ! Apportez-nous une bouteille de Chardonnay Kova*čević* ! Pendant un court moment, Kristna m'a regardé avec étonnement, mais je me suis ressaisi et j'ai commandé du jus de pêche et une bouteille d'eau plate. Qu'est-ce qu'il vient de passer ? Impossible qu'après l'expérience que j'ai eue, j'ai à nouveau envie de boire. Je me suis juste emporté, c'est tout. J'étais confus sur le moment, mais il n'était pas nécessaire d'en faire tout un drame. C'est ainsi que je l'ai expliqué à Kristina, même si je n'étais pas encore sûr de ce qui m'arrivait et de cette étrange extase dont j'étais pris, quels étaient ces vents qui me soufflaient tout à coup dans la tête ? Ça devait venir de Dieu, me disais-je, je devais conserver à tout prix ce feu gracieux qui s'est allumé en moi. Je ne pouvais pas laisser une telle chose arriver.

Nous avons apprécié le rôti d'agneau avec des pommes de terre, accompagné d'une salade chopska. Pour finir, nous avons savouré des crêpes au miel et aux noix avec un café maison.

— Je n'arrive pas à croire que dans seulement deux mois j'irai au lycée où tu enseignes !, a dit Kristina après avoir mangé la dernière bouchée de sa crêpe. La pensée-même de ce que je pourrais entendre sur toi là-bas ne te fait pas peur ?

— J'en suis à me demander s'il reste un côté désagréable de ma personnalité que tu n'as pas encore eu l'occasion de rencontrer. Tu en sais déjà trop. Bien trop pour ton âge.

— Mais je veux tout savoir sur toi. Et je ne regrette pas du tout ce que j'ai déjà découvert. »

— Tout ce que tu dois savoir maintenant, c'est que je ne suis plus le même.

— Bien sûr que tu ne l'es plus. Tu vas beaucoup mieux depuis que tu cours, t'entraînes et lis tes livres.

— Ça n'a rien à voir. Je ne peux pas te l'expliquer par des mots. Mais je veux que tu saches que je me comporterai mieux avec toi à présent.

— Ça veut dire qu'on ira ensemble à la mer ?

Le visage de Kristina s'illumina.

— Absolument ! Peut-être pas pendant toutes les vacances, mais pendant deux semaines, c'est tout à fait faisable…

Kristina s'est penchée sur la table et m'a embrassé sur la joue.

— Mais je serai ton copilote en charge des panneaux, des cartes, des virages et du choix de la musique que nous écouterons dans la voiture. Si tu pensais qu'on allait écouter tes liturgies toute la route – tu t'es mis le doigt dans l'œil ! Combien de temps il nous faut jusqu'en Sithonie ? Sept, huit heures ?

— Un peu plus, on prend le bus.

— Le bus ?! Et pourquoi pas la voiture ?

— Parce que je n'ai plus de voitures à ce jour. Je l'ai vendue.

Kristina ne parlait pas, une ombre noire lui avait traversé le visage.

— Tu as vendu la voiture pour louer une maison sur la plage ?

— Non, Kristina, je l'ai vendue pour donner l'argent à des enfants pauvres et abandonnés. S'il te plaît, ne m'oblige pas à t'expliquer, accepte le fait que je devais le faire. –

Kristina me regardait avec inquiétude.

— Il y a encore quelque chose qui ne va pas, n'est-ce pas ?

— Qu'est-ce que tu veux dire ?

— Tu ne te comportes pas normalement. Tu as parlé à Vera ?

— Oui et je voulais t'en parler, je n'irai plus chez elle. Je n'ai plus besoin de ses conseils cyniques et de ses outils pour supprimer la voix de Dieu de mon âme.

— Maksim, ça recommence, tu ne vas pas bien !

— Kristina, tu parles comme Nina, ça ne te va vraiment pas, je ne sais pas en quoi je l'ai mérité, aujourd'hui en plus, quand tu vois à quel point j'étais sincèrement fier de ta réussite et… En fait, je dois te dire que je ne me suis jamais senti aussi bien.

J'ai passé ma paume sur mon visage, en regardant le morceau de ciel bleu, qui pointait le bout de son nez entre un parasol blanc et des cimes vertes. J'étais furieux et je me sentais enfermé. Je ne sais pas comment nous en étions arrivés là. Nous sommes rentrés à la maison en silence, en faisant la première partie du chemin à pied et la deuxième en trolleybus. Le soir, je me suis calmé et j'ai commencé à désespérer. Pourquoi avais-je vendu la voiture, merde ? Si j'avais au moins investi cet argent pour offrir à Kristina de belles vacances riches en événements ! Si je ne m'abuse, j'étais à deux doigts de commander une bouteille de vin au restaurant ? J'ai posé la main sur mon front. Il était brûlant.

10

Les jours qui ont suivi, j'ai encore entendu à quelques reprises cette liturgie céleste, puis de nouveau une grâce inexprimable s'est installé dans ma poitrine, d'où elle s'est répandue dans d'autres parties de mon corps, avant de s'apaiser, et avec elle le sentiment de béatitude intérieure disparaissait, immédiatement remplacée par des crises de panique et de doute, suivies par des représentations extrêmement indécentes et obscènes du Christ, de la Vierge et des apôtres, qui planaient sans arrêt sous mes yeux. Je m'agenouillais, je priais, mes alors ces scènes dégoutantes assaillaient encore plus férocement mon esprit, et c'est comme ça que j'ai arrêté de m'agenouiller et de prier. Qu'est-ce qu'il m'arrivait ? Peut-être que Dieu ne rendait pas du tout visite à mon âme, peut-être que c'étaient les démons qui jouaient avec. Malgré cela, j'accomplissais toutes mes tâches quotidiennes comme si de rien n'était. Après tout, il valait mieux être un pauvre homme fonctionnel qu'un ivrogne défectueux. Après avoir effectué diverses tâches, principalement administratives, qui concernaient la gestion de la documentation pédagogique, j'ai assisté à une séance du conseil des enseignants, au cours de laquelle nous avons rudement débattu sur le choix de l'élève de l'année. Le choix le plus restreint portait sur deux étudiantes, l'une en option sciences de la nature et l'autre en sciences sociales. Les deux étaient à vingt de moyenne, elles avaient remporté des prix aux compétitions municipales et nationales, elles étaient engagées avec succès dans des activités extrascolaires (la première avait été décorée en patinage artistique et l'autre était la rédactrice en chef du journal de l'école) et toutes deux, comme les professeurs principaux aimaient à le dire, étaient « appréciées non seulement pour leurs succès, mais aussi pour leurs qualités humaines et amicales ». Très bien. Personne n'a été surpris lorsque le titre d'élève de l'année a été remporté par la patineuse, la fille des sciences de la nature, car non seulement les professeurs issus de ces matières étaient plus nombreux, mais le directeur, qui ce jour-là portait une cravate violette, favorisait ouvertement les naturalistes, estimant que les sciences sociales ne méritaient pas d'être considérées comme telles.

Lorsque le conseil a abordé l'autre point à l'ordre du jour, celui de l'introduction de nouvelles options pour les élèves de CP, le directeur s'est presque mis à siffler les enseignants, parlant d'un ton menaçant et prophétique sur le fait que « nous n'avions pas la moindre idée des intentions des générations à venir, que nous, enseignants, étions un peu comme des néandertaliens par rapport aux jeunes, car nous avions acquis nos connaissances dépassées en fouillant dans les bibliothèques et en lisant des livres obsolètes, alors que pour les nouvelles générations, tout le savoir du monde était accessible en un seul clic ». Un confrère sociologue n'a pas pu résister, il a pris la parole et a posé une question : « Voilà, j'avoue mon retard et je suis prêt à changer, dites-moi juste où cliquer pour acquérir toutes les connaissances du monde ? » Des rires ont éclaté dans la salle, tandis que le directeur frappait avec colère la table à l'aide de sa cigarette électronique, exigeant le silence. Le malheureux sermon du directeur a provoqué la consternation générale et a longtemps fait l'objet de moqueries auprès d'une bonne partie du collectif.

Plus tard dans la journée, j'ai fait un tour à la banque, décidé à n'accepter aucune offre, aussi tentante soit-elle, mais juste payer mes factures du mois. Cependant, la conseillère était non seulement belle, mais elle avait également une voix d'une douceur déconcertante, presque maternelle, et elle a très vite fait remarquer, habilement je dirais, que j'étais leur client VIP. « Vous essayez de m'amadouer, lui ai-je dit, impossible que l'état de notre économie soit malheureux à tel point qu'un éducateur ait le statut de client VIP dans une banque. » « C'est très triste, en effet », a-t-elle répondu avec un léger spasme sur les lèvres pendant qu'elle rentrait mes informations personnelles sur son ordinateur. Je n'avais aucune chance de me défendre contre la charmante conseillère, qui m'a convaincu que « seulement pour moi » et « seulement aujourd'hui » il y avait une « offre spéciale » (un prêt, qu'est-ce que ça aurait pu être d'autre ?) avec des taux d'intérêt particulièrement bas et la possibilité de payer en différé. Je n'avais même pas remboursé la moitié du prêt que j'avais contracté pendant que j'étais avec Nina, j'avais atteint le plafond de ma Mastercard, et grâce au nouveau prêt, non seulement j'allais régler toutes mes dettes à la banque, mais j'allais avoir 2 500 euros à ma disposition. La conseillère m'a remis un à un les documents, contenant tous des textes, des nombres et des pourcentages densément dactylographiés. Je n'ai même pas essayé de les lire, je les ai signés sans enthousiasme. Avec ce nouveau contrat, je m'étais lié à la banque et conformément à ce même contrat, je devais dire adieu à un quart de mon salaire chaque mois pendant les sept prochaines années. Comment dire « non » à une femme aussi belle et délicate ? Si vous êtes du genre à vouloir plaire aux gens, je vous déconseille de venir à la banque. Ne soyez pas technophobe comme moi, installez cette fichue application une bonne fois pour toutes.

Sur le chemin du retour, j'ai été pris d'une fatigue que je n'avais jamais ressenti auparavant, pas même dans ma jeunesse lorsque pendant l'été, je portais des sacs de ciment au troisième étage sans ascenseur. Je n'ai pas retiré mes chaussures, je ne me suis pas changé, je me suis assis dans le canapé avec les Sermons de St. Siméon dans ma main et c'est ainsi que je me suis endormi, en lisant quelques passages revigorant l'âme, sur Dieu en tant qu'Esprit, Lumière, Vigueur…

J'ai rêvé que je me trouvais dans l'ancien salon de mes parents, où l'on buvait habituellement du café, mangeait des gâteaux et commentait les infos sur les chaînes russes. Je ne me souviens pas pourquoi Oleg avait changé de chaîne. Une nouvelle téléréalité venait de commencer sur Pink. Au centre de l'immense studio onéreux et vivement éclairé se trouvaient trois grands lits parsemés de pétales de roses rouges. En plus de l'animateur Milan Kalinić, qui portait un costume gris brillant, Nina est apparue à la surprise générale avec son nouveau mec, un collègue de bureau, qui ne ressemblait pas au vrai. Pour être plus précis, il ressemblait à un jeune Arabe qui faisait la manche ce matin-là. Nina portait sa robe de cocktail noire sexy, qu'elle ne mettait que lors d'occasions festives, tandis que l'Arabe était petit, trapu, il portait des lunettes de hipster à monture épaisse et une épaisse barbe noire. Ses vêtements semblaient usés et miteux. L'animateur a annoncé d'un ton pompeux que dans quelques minutes à peine, les téléspectateurs pourraient regarder un acte sexuel en direct. Quoi ?! Le mec a retiré ses vêtements et ceux de Nina devant la caméra, l'a allongée dans le lit et a commencé à la satisfaire oralement, puis à la baiser. « Il est doué », avait fait remarquer Oleg en arrosant de café, comme si de rien n'était, une bouchée de gâteau à la framboise. C'est quoi cette merde ?! « Ouiii, c'est ça, donc, Nina vient de concevoir son enfant. C'est bien », avait commenté Jadranka comme si rien d'inhabituel ne venait d'avoir lieu. J'ai réalisé que je regardais en direct la conception de l'enfant de ma légitime épouse, même si c'était, bien sûr, impossible, mais les rêves n'avaient que faire du possible et de l'impossible. Puis deux autres couples sont entrés dans ce même studio, j'ai tout de suite reconnu les deux candidates pour le prix de l'élève de l'année. Chacune d'entre elles devait se faire prendre par un Arabe. Oleg avait déclaré avec satisfaction que la « situation démographique allait certainement se consolider ». « Qu'elles sont belles ! », disait Jadranka. Après que l'Arabe a éjaculé en Nina, ce que le public a salué par un tonnerre d'applaudissements, elle s'est rhabillée, est sortie du lit et s'est approchée de Milan Kalinić qui lui a tendu le micro. Nina a regardé droit dans la caméra et a déclaré : « Maksim, accepte-le, c'est fini. » Puis ils ont laissé le lit aux prochains candidats. C'est fini, je deviens fou.

Kristina me secouait pour me réveiller. J'étais paralysé – je ne pouvais bouger aucune partie de mon corps, pas même mes orteils. Pendant un instant, j'ai cru que je serais paralysé et dans l'incapacité de parler pour toujours. Kristina m'a apporté un verre d'eau et un comprimé de diazépam.

— Tu devrais aller chez ta mamie pendant quelques jours, lui ai-je suggéré.

— Ça veut dire qu'on ne va pas à la mer ?

— Non, non… J'ai juste besoin de quelques jours pour me remettre. Eh puis, tu n'as pas vu ta grand-mère depuis un moment, elle a appelé, tu lui manques…

— Pourquoi tu m'éloignes de toi ?

— On va à la mer à 100 %, ne t'inquiète pas, j'ai pris un crédit. On part à ton retour.

— D'accord, mais s'il te plaît : ne nous gâche pas cet été. Pas besoin d'aller en Grèce si tu n'en as pas envie. On peut ne rien faire. Le plus important, c'est que tu ailles bien.

— Kristina, tout va pour le mieux dans le meilleur des mondes. On va passer un merveilleux été.

Après le dîner, j'ai aidé Kristina à faire ses bagages et je l'ai accompagnée jusqu'à la gare. Dans le parc près de la faculté des sciences économiques, je fumais une cigarette et j'observais avec indignation un groupe de jeunes et séduisants Arabes. J'ai envoyé un sms à Ema, ma compagnonne d'armes de la clinique rue Dreiser :

Quoi de neuf ?

J'ai été viré de mon agence aujourd'hui. J'ai envisagé la possibilité de me jeter d'un pont.

Ce serait plus romantique si on sautait ensemble, en nous tenant par la main.

Elle m'a répondu par un smiley accompagné d'un cœur. Nous avons décidé de nous retrouver en ville dans quarante-cinq minutes.

11

On s'est retrouvés près de la Fontaine blanche dans la rue du Prince Michel, puis nous avons fait un tour au Kafe en faktorija, où nous avons pris deux lattés à emporter. Nous nous sommes longtemps promenés dans le centre et dans les faubourgs de la forteresse de Belgrade, puis, près de la tour Nebojša, nous nous sommes retrouvés sur la promenade le long de la Save. Une belle odeur d'humidité estivale et de spécialités des cuisines des restaurants sur la promenade planait. Nous nous sommes arrêtés pour regarder le coucher de soleil, accoudés à la balustrade. Ce fut la première pause significative de notre intense conversation, au cours de laquelle nous rebondissions avec vivacité sur ce que l'autre avait dit. Près du pont Branko, nous faisions des blagues à nos dépens et nous riions beaucoup, car nous avions remarqué que le désespoir initial de nos sms avait complètement disparu grâce à la promenade.

— On devrait faire ça plus souvent, lui ai-je dis.

— Quoi, pleurnicher comme deux grands-mères ?, a-t-elle répondu en riant.

— Je ne sais pas comment l'expliquer par des mots, mais quand je te parle, je n'ai pas l'impression de sortir des limites de ma personnalité, c'est comme si tu étais mon sous-locataire, et moi le tien.

— T'as trouvé la bonne personne pour partager ton toit.

— Non, mais sérieusement, je ne me souviens plus quand est-ce que j'ai ressenti un tel degré d'intimité avec quelqu'un.

— C'est parce que je suis aussi dérangée que toi.

— Probablement. Mais ce n'est qu'en ta compagnie que je ne le ressens pas comme un fardeau, mais carrément comme un privilège. C'est très tordu.

— Je comprends. Moi, après un café avec mes collègues, ex-collègues, pardon, il me faut une pause. Comment suivre toutes ces histoires de salaires, d'augmentations, de ventes, de beaux profs de fitness et de vacances d'été en Chalcidique ?

J'ai baissé les yeux.

— J'ai dit quelque chose qu'il ne fallait pas ?

— Non, non… C'est juste que je prévois d'emmener ma fille en Sithonie cet été. Et je rentre dans ce stéréotype stupide.

— Excuse-moi. Je n'ai vraiment rien contre les gens qui passent leurs étés en Grèce, mais tu comprends ce que je voulais dire…

— Je te comprends parfaitement. Parler à des gens qui n'ont pas de personnalité est aussi épuisant que de travailler dans une mine. Après avoir discuté avec certaines personnes, j'ai l'impression d'avoir été exposé à des radiations.

— Ça veut dire qu'avoir une personnalité est un privilège qui appartient exclusivement à des malades comme nous ?

— Ah ah ah… C'est ça.

Quand j'ai avoué à Ema que j'avais arrêté de prendre mes médicaments, y compris le disulfirame, à cause de l'extase religieuse que j'avais vécue, elle a immédiatement sorti une boite de son sac et m'a tendu un comprimé de disulfirame.

— Prends-le tout de suite. Sans émotions et sans réfléchir.

— Mais, pas besoin, je me suis transformé, le désir s'en est allé et…

— Peux-tu juste avaler ce comprimé, sans dire un mot ? Il ne peut rien enlever ou ajouter à tes expériences spirituelles, n'est-ce pas ?

Je n'ai pas répondu. J'ai avalé ce fichu comprimé après quelques instants d'hésitation. Nous avons poursuivi notre marche sans revenir sur cet incident.

Comme nous avons eu faim entre-temps, nous avons mangé chinois dans la rue Vasina. Pour finir, nous nous sommes fait plaisir avec une portion de crème glacée extravagante au fameux Mouton noir dans la rue du roi Pierre. Mes sentiments envers Ema étaient intimes, tendres, protecteurs, mais dépourvus de possessivité et d'habituels désirs compulsifs, qui m'obligeaient à me faire à tout prix toutes les femmes attirantes. Elle était bien trop intelligente, elle me voyait bien trop sous mon vrai jour, je la respectais trop pour m'en servir dans le seul but de vider mes testicules. Nous étions d'accord sur le fait que l'épisode de l'embrassade dans les toilettes de la clinique était une frasque inoffensive, caractéristique des premiers jours de rétablissement de quelqu'un d'aussi brisé, apitoyé sur son propre sort et suffisamment vulnérable pour tomber amoureux de la première personne sur laquelle il tombe, que ce soit un patient, un psychiatre, une voisine, peu importe, dans le seul but de ressentir quelque chose dans cette poitrine meurtrie.

Ema vivait avec ses parents à Novi Beograd, près du centre commercial Pyramide. Je l'ai raccompagnée chez elle. Nous nous sommes enlacés très fort devant la porte, et cela avait duré, quelques minutes. En attendant le bus, j'écoutais le ciel, mais rien n'en sortait. Les chérubins et les séraphins étaient au repos. Je me suis rappelé avoir vendu ma Ford et j'ai eu une envie de pleurer de douleur.

Comme je dormais à poings fermés l'après-midi, je n'avais aucune chance de me rendormir. J'étudiais alors obsessionnellement l'offre d'événements culturels dans la ville, pour voir ce que je pourrais proposer à Ema, dès demain. La saison des concerts à Kolarac était finie, cependant, nous pouvions nous lever plus tôt et venir écouter les jeunes interprètes non établis, qui se produisaient dans le cadre du cycle « Podium de la musique de chambre. » Le concert était prévu pour 11 heures. C'était bien trop tôt et ça ressemblait trop à mon style retraité coincé. Je voulais que ce soit quand même en soirée, et, si possible, que ce soit quelque chose d'assez urbain, le désir d'impressionner une personne du sexe opposé s'était à nouveau réveillé en moi. J'avais enfin trouvé ce que je cherchais sur le site Urbanbug. Ma vieille amie Ana Ćurčin se produisait le lendemain avec son groupe à la maison de la jeunesse. Je l'ai tout de suite appelée après un très long moment.

— Tu es encore ivre ?, m'a demandé Ana en riant, elle n'avait même pas dit « salut ».

— Tu ne devrais pas commencer par un : Salut, Maksim, comment ça va ? Comment vont les tiens ? » Et ne pas m'agresser instantanément ?!

— Ne joue pas la victime, m'a-t-elle répondu, tu sais que tu m'appelles que quand t'es bourré.

— Tu as peut-être raison. Je t'appelle que quand je suis bourré, mais toi tu ne m'appelles JAMAIS !

— Ah ah ah, tu n'as pas entièrement tort.

— Quoi qu'il en soit, je ne suis pas ivre en ce moment, j'aimerais assister à ton concert de demain. Il reste des billets dispos ?

— Pour toi, toujours. Combien il t'en faut ?

— Deux. Je viens avec une femme très spéciale.

— Ah ah ah, j'imagine que cette femme très spéciale n'est pas Nina. Quel petit voyou tu es, Maksim. Tu trouveras tes billets au guichet, ils seront à mon nom. Je suis contente que tu viennes.

J'ai remercié Ana, puis j'ai immédiatement envoyé un sms à Ema pour lui proposer de me rejoindre au concert de demain. Elle a accepté avec plaisir. Je ne savais pas comment réagir. Je n'étais plus habitué à ce genre d'excitation. Et si on finissait la soirée chez moi ? Même s'il était bientôt minuit, j'ai passé l'aspirateur dans tous les recoins de l'appartement, nettoyé la poussière des étagères, empilé le linge qui séchait sur la terrasse, fait la vaisselle, nettoyé la douche, récuré la cuvette et le sol de la salle de bains. Pour finir, j'ai sorti deux sacs plein d'ordures, de 60 litres chacun.

Avant le concert, nous avons pris un café dans un des bars de la rue Cetinjska. Ema s'était habillée de façon provocante. Un pantalon coupe trois-quarts moulant qui mettait en valeur ses jambes fines, au-dessus une tunique noire transparente sous laquelle apparaissait discrètement un soutien-gorge de la même couleur, et des converses noire et blanche aux pieds. Elle n'avait pas de gros seins, mais ils avaient une belle forme, ce qui avait plus d'importance. Elle portait des bijoux modernes conçus avec goût autour du cou et des mains. Je lui ai dit qu'elle aurait clairement pu se faire passer pour une de mes élèves. Après tout, elle n'était pas vieille – elle n'avait que 29 ans. Elle était juste un peu trop brisée pour son âge, lui ai-je dit à ce moment-là, dans la rue Cetinjska, ce à quoi elle a répondu par un gentil rire.

Ana Ćurčin était de bonne humeur et dès l'interprétation de la première chanson, « Alone », elle avait créé la chimie appropriée dans la salle, et le public s'est changé en un corps vivant qui bougeait selon l'humeur d'Ana. Elle interprétait des chansons de son premier album *Sketches of Belonging*, mais avant de jouer « Silence », elle a fait une courte pause et annoncé que ce soir, elle dédiait cette chanson à son ami Maksim Tumanov. Les gens ont applaudi – bien sûr, mais Ana, pas moi – et moi, j'avais l'impression de flotter dans les airs. Ema m'a serré dans ses bras et a posé sa tête sur mon épaule. J'étais abasourdi. Abasourdi et reconnaissant.

III

Des illusions et rien d'autre

« Comment inventer un remède à l'existence, comment conclure cette guérison sans fin ? Et comment se remettre de sa naissance ? »

Emil Cioran, *Précis de décomposition*

1

Ema et moi passions du temps ensemble tous les jours, sans exception. En réalité, on arrivait à peine à se séparer. À l'approche du coucher, submergé par une agitation agréable et une excitation jusque-là presque inconnue, je repoussais mon sommeil à plus tard pour pouvoir poursuivre mes rêveries. Je tournais dans mon lit, enlaçait mon oreiller dont je pliais les plumes, et pendant tout ce temps, le visage d'Ema planait sous mes yeux. Son sourire éclatant. Ses dents épaisses, blanches comme neige et impeccables d'un point de vue architecturale. Son regard enfantin et impassible. Ses pupilles à peine discernables à cause des anneaux brun foncé qui les entouraient ; j'ai longuement observé ses yeux, je pense n'en avoir jamais vu d'aussi sombres et impressionnants. Mais aucunement froids, éternellement humides, jamais sans éclat. Le visage d'Ema s'accordait aux mouvements de son âme, la rendant accessible, transparente. Grâce à cet attribut, elle n'a pas laissé de place aux doutes habituels : « À quoi pense-t-elle maintenant ? Qu'est-ce qui lui passe par la tête ? » ou « Qu'est-ce qu'elle pense vraiment de moi ? » Mon envie débridée de me confesser sans arrêt, révélant constamment de nouvelles vérités désagréables sur moi-même, n'impressionnait pas trop Ema. Je pouvais faire sortir de mes entrailles les secrets les plus sombres et les lui présenter, mais il manquait la réaction forte dont se nourrissait cette envie, Ema essayait calmement de me faire comprendre que je m'empoisonnais inutilement la vie en ressassant le passé. Pour faire court : le passé – c'est le passé, le principal est que tu te sentes bien maintenant. Ainsi, mon envie de dire la vérité sur moi-même a perdu son côté autodestructeur frénétique. C'est comme si elle s'était calmée, car elle avait trouvé la bonne personne pour la canaliser. Je me sentais comme un homme ayant marché à travers le désert pendant des kilomètres (j'imaginais un légionnaire en tenue de guerre, je ne savais pas de quoi ça avait l'air, mais ça sonnait bien), le désert l'avait entraîné de plus en plus profondément en lui durant des jours, le séduisant avec des mirages, pour qu'en fin de compte, épuisé, il tombe sur une véritable oasis, un lieu d'où jaillissait l'eau la plus claire et autour duquel s'épanouissait une végétation riche, où poussaient les palmiers d'où tombaient des dattes sucrées, et tout autour se faisait sentir l'odeur des buissons et des cactus avec leurs fruits juteux (le fantasme de la chatte divine). J'ai finalement étanché la soif qui m'avait tant tourmenté et je me suis allongé sur le sable chaud, qui s'est adapté au poids et à la forme de mon corps. Est-il possible que je sois à nouveau tombé amoureux ? Oh, je suis amoureux, et pas qu'un peu ! La fatigue avait disparu, il n'y avait plus aucun signe de dépression. Soudain, une énergie dont je n'avais pas connaissance s'était libérée. J'étais aussi fort que le Danube, je pouvais alimenter des villes entières en électricité, seulement si les ingénieurs pouvaient me connecter aux électrodes ainsi qu'aux turbines. Il faut creuser un tunnel sous Topčidersko brdo ? Pas de problèmes, il sera prêt avant l'aube ! Donnez-moi une barque, une barque en bois toute simple et je ramerai jusqu'à la mer Noire, jusqu'à Constantinople, tant qu'Ema est sur ma barque ! Rien, plus rien n'est difficile. Il fait bon vivre. La vie vaut la peine d'être vécue. Par ailleurs, mon amour pour Ema était immaculé. C'est pourquoi j'étais sûr qu'il était question d'un véritable amour, celui qui éclaire l'esprit et lui rend la vue, et non une autre passion étouffante. Je me reprochais chaque pensée indécente à propos d'Ema qui me traversait spontanément l'esprit. Je riais de moi-même d'être tout à coup devenu si chaste. Je gardais un œil vigilant sur mes propres pensées, m'assurant que rien de bas et d'indigne à propos d'Ema ne voit le jour dans ma tête.

Dix jours se sont écoulés depuis ce soir où nous nous sommes retrouvés à la Fontaine blanche comme deux cas désespérés, depuis nous ne nous sommes plus séparés, nous avons eu des conversations passionnées pendant des heures sur divers phénomènes, de la botanique à l'astrophysique, de la musique pop à la droite populiste, de la mélancolie à la prière. Et pendant tout ce temps, nous n'avons pas eu de rapports sexuels. Comme Ema était visiblement d'humeur pour une finalisation logique et naturelle de notre romance, j'ai été obligé de lui révéler mes sentiments. Je ne m'inquiétais pas tellement, car je savais qu'Ema allait bientôt voir de ses propres yeux que je n'étais pas impuissant et que j'avais un organe aux dimensions à faire rougir, ce qui voulait dire que le problème est purement de nature psychologique. Eh puis, ce n'était pas du tout un problème, mais le signe que mes sentiments étaient réels et profonds. Pourtant, nous avions eu une sorte de dispute à ce sujet.

Après le dîner que j'ai cuisiné – je ne croyais pas qu'une telle chose puisse être possible, mais tout était possible désormais – en suivant, tel un débutant, étape par étape, les instructions de Jamie Oliver pour préparer des pâtes à la Bolognaise (j'ai tout gâché en mettant trop d'origan, et Ema déteste l'origan), nous sommes allés dans le salon, où nous avons commencé à nous embrasser furieusement sur le sofa. J'appréciais les baisers, les lèvres pleines d'Ema et sa langue chaude et douce, avec laquelle elle caressait habilement la mienne. Son haleine humide enivrant m'excitait. Nos parties génitales se touchaient, j'avais suffisamment d'expérience pour savoir que les premiers baisers annonçaient le feu d'artifice de nos futurs ébats. Mais le plus important était que l'odeur du corps d'Ema m'amenait à l'extase. Je ne doutais pas une seconde que des plaisirs sexuels intenses et imprévisibles nous attendaient. Mais pas maintenant, pas ce soir ! Et donc, quand Ema a attrapé ma queue, je me suis éloigné d'elle et me suis assis sur le sol. Elle est restée allongée quelques instants sur le sofa, respirant rapidement, puis après s'être calmée, elle est venue s'assoir à côté de moi.

— Qu'est-ce qui ne va pas ?

— Ne va pas croire que je n'ai pas envie de toi. Je suis dingue de toi. Mais j'ai le sentiment que je vais gâcher quelque chose si j'entre en toi, comme si j'allais te détériorer, te profaner.

— Tu parles comme si j'étais une bonne sœur, pourtant tu sais tout ce que j'ai traversé…

— Je sais, si je pouvais, je castrerais tous les hommes qui t'ont touché. Rigole, je m'en fiche, mais c'est ce que je ressens. Je fais consciemment passer mon envie de t'idéaliser avant mes envies charnelles. Je te respecte trop pour me servir de toi de cette façon.

— Ah ah ah…– Je suis sérieux.

— Tu es malade. Tu me surprends un peu là, je dois l'admettre. Je ne m'attendais pas à ce que tu sois si sensible aux idées patriarcales sur les femmes et le sexe.

— Comment ça ?

— Les femmes qui ne servent qu'à réaliser les fantasmes sexuels des hommes – ces derniers ne les aiment pas et ne les respectent pas. D'un autre côté, lorsqu'ils en choisissent une qu'ils aiment et respectent, ils développent à son égard un type de sentimentalité possessif, mais aussi sublime et désincarné. Est-il possible que chez toi aussi, Maksim Tumanov, il n'y ait que des putains et des saintes parmi les femmes ? De quel genre de machisme infantile s'agit-il ?

Pendant un instant, je me suis senti comme un garçon de treize ans qui avait besoin d'être éduqué. Je n'étais pas à l'aide cartes de crédit du tout à l'aise dans ce rôle.

— C'est quoi ces conneries féministes sur les putains et les saintes ? Je me fiche des deux. En fait, je cultive une sorte de nostalgie pour le culte disparu de la dame.

— Mais tu ne comprends pas que la dame à laquelle tu voues un culte n'existe que dans ta tête ? Je ne suis pas une dame, je suis une fille ordinaire, j'ai couché avec des hommes et des femmes, j'ai eu deux longues relations, il m'est arrivé de tromper de temps en temps mes deux petits-amis, et quand je n'étais pas prise, je sortais, je me saoulais et il m'arrivait de me faire sauter dans les toilettes et de ne plus me rappeler le nom du mec juste après… Tu m'étouffes un peu avec ton histoire de dame.

J'ai regardé Ema dans les yeux et soudain j'ai commencé à remarquer des imperfections sur son visage : son nez avait une forme irrégulière, son front était trop accentué, le sommet de ses oreilles était étrangement courbé, elle avait la peau sèche, des cernes… J'ai vite baissé le regard et observé le sol.

— Tu es partante pour quelque chose de sucré ? J'ai un excellent tiramisu au frigo.

— Pourquoi t'es fâché maintenant ?

— Tu veux un thé ou un café avec ton dessert ?

— Si tu continues avec ce comportement passif-agressif, j'appelle un taxi.

— Passif, tu dis ? Je dois être actif-agressif ?! C'est pas un peu démodé ? On ne préfère pas les paillassons féminisés sans personnalité qui acceptent les femmes telles qu'elles sont, c'est-à-dire comme des salopes égocentriques avec un agenda politique ?

— D'accord, je n'ai pas à supporter tes insultes, j'appelle un taxi.

Ema fit le tour du salon avec le téléphone à l'oreille. Cette oreille de fée ne me plaît pas ! Elle ne me plaît pas du tout !

Mes mains tremblaient de rage. Ema a commandé un taxi, a récupéré ses affaires et a quitté l'appartement en quelques minutes. Sans me dire au revoir. J'ai jeté un coup d'œil abattu sur la pile de vaisselle sale, la perception froide m'a donné un aperçu clair sans équivoque de la tentative ratée d'un dîner romantique, de la tentative ratée d'une romance, de la tentative ratée d'une vie banale. Je me suis assis sur le canapé, puis je me suis très vite allongé, recroquevillé en position fœtale. Ema avait peut-être raison, je ne suis pas capable d'accepter les choses telles qu'elles sont réellement. Je ne suis pas capable de vivre dans le monde réel. Grâce à l'alcool, les gens laids devenaient beaux, et les abrutis intelligents. Grâce à l'alcool, je croyais aussi que les problèmes insolubles de ma vie étaient en fait faciles à résoudre. Alors l'alcool lui-même est devenu un de ces problèmes insolubles. Mais, je n'étais pas sobre même lorsque je m'abstenais de boire. Mes émotions étaient éternellement en désordre et c'est pourquoi j'observais tout à travers le prisme de mes extases corruptrices, qu'elles me conduisent à la joie ou au désespoir. Je n'oserais pas dire ce qui m'importe le plus : la personne prénommée Ema, qui existe indépendamment de mes pensées, mes désirs et mes affinités, ou au torrent de notions intérieures que cette Ema provoquait en moi ? Est-il possible que son influence me soit plus précieuse que sa personne ? Je me suis spontanément lancé dans une brève analyse ontologique comme la ferait le jeune Heidegger : une étrange entité du nom d'Ema interprète son existence sur le fil conducteur du concept moderne de la *fille ordinaire*. Mon interprétation de cette entité va plus loin, et révèle une abondance de possibilités intérieures, à condition que l'entité du nom d'Ema soit considérée à la lumière de l'ancien culte de la dame. Mais il n'est pas question d'un regard indifférent et désintéressé. Seul un regard amoureux peut voir ce que c'est, ou plutôt, *qui* est Ema. C'est pourquoi je reste campé sur mon interprétation. L'interprétation est un processus audacieux qui ne devient possible que s'il repose sur l'amour. Celui qui n'a pas l'amour et le courage d'interpréter, devra se contenter de filles ordinaires, pensais-je en frottant la casserole avec une éponge métallique et du liquide vaisselle.

2

Je n'ai pas fermé l'œil de la nuit et à plusieurs reprises, j'ai eu l'impression que je perdais la raison, mais quand le soleil s'est enfin levé, j'ai bondi du lit, pressé deux citrons que j'ai mélangés avec une cuillerée de miel, puis j'ai bu le tout cul sec, avant d'enfiler les baskets Asics flashy qu'Igor m'avait offertes pour m'encourager à faire du sport et à mener une vie saine – ces baskets étaient à la fois les plus confortables et les plus laides jamais produites – je suis sorti à toute vitesse de l'appartement et j'ai passé près d'une heure à courir dans Hyde Park sur la terre sèche, craquelée par la chaleur. J'ai fait l'impasse sur les étirements habituels de mes muscles dorsaux et de mes ischios, car j'étais pressé de réaliser ce que j'avais en tête. J'ai pris une douche rapide et au lieu de prendre mon petit-déjeuner, j'ai mangé une banane en chemin.

Madame Elezović, la propriétaire d'un magasin de fleurs à proximité de l'Atelier 212, n'avait pas encore ouvert sa boutique lorsque j'ai saisi la poignée. Elle m'a laissé entrer même si je suis arrivé quinze minutes avant l'ouverture – nous étions quand même de vieilles connaissances. Madame Elezović a plaisanté en disant qu'elle avait compris qu'il s'agissait là d'une « question de vie ou de mort ». Elle avait dit cela gentiment parce que j'étais convaincu que j'allais mourir (pas métaphoriquement, mais littéralement) si je ne me réconciliais pas en l'espace de quelques heures avec Ema.

Je n'ai pas choisi le magasin de Madame Elezović par hasard, il était spécialisé dans l'envoi de présents à domicile ; des présents qui comprenaient non seulement des compositions florales, mais aussi des bouteilles de vins onéreuses et des corbeilles de fruits exotiques. Hors de question de lui offrir du vin, alors que je pouvais compter sur le somptueux bouquet de roses rouges et la corbeille en osier pleine de fruits juteux du sud, accompagnés d'une note que j'avais écrit moi-même : « Je t'ai déjà dit que je ne savais pas écrire en vers, mais je sais raconter de la merde à la manière du "professeur"que je suis. Je veux juste te dire que je t'aime et que je n'attends rien de toi si ce n'est que tu sois toi-même. Cette demande serait mesquine et triviale si elle n'était pas si difficile, peut-être même irréalisable. Tu existes et ça me suffit. Ou : tu existes et putain, pourquoi ça ne me suffit pas ? Quand je dis "suffit", je pense à l'abondance de tout ce que tu es et que tu pourrais encore devenir. Tu sais que je mourrais si tu ne me réponds pas. Ton M. »

Vers midi, Ema m'a envoyé un sms : « tu ne changeras jamais :) », qui, malgré son ambiguïté, partait d'une bonne intention (elle m'aurait brisé si elle avait oublié le smiley). Oui, je continuais avec mes gestes galants de macho (un bouquet de rose, une corbeille de fruit, un petit mot), je continuais à jouer le conquérant et de ce fait, à forcer Ema à devenir passive, à accepter le rôle de la chérie idéale et du cerf innocent qui est tombé devant un lion. Pourquoi je faisais cela ? La réponse était simple : ça m'excitait.

J'ai réservé une séance au spa de Vračar où les conditions esthétiques et d'hygiène étaient de qualité (tout comme le prix, après tout). Six heures dans une chambre équipée d'un sauna finlandais, un jacuzzi et un grand lit double devraient suffire pour une première expérience inoubliable. Au lieu du champagne – une portion de fruits : des fraises, des cerises, des pruneaux, des raisins et de la pastèque ; des pétales de roses éparpillées sur le lit, le sol, autour de la baignoire et, cela va de soi, des bougies parfumées, autant que possible, la cire est toujours bienvenue.

Ça avait marché. Nous avions étouffé l'inconfort initial avec des baisers gourmands dans le lit, puis très vite nous étions terriblement excités et nous nous sommes déshabillés sans attendre. Ema ne m'a même pas laissé lui montrer ce que je savais faire avec ma langue, qu'elle m'avait fait savoir d'un ton autoritaire qu'elle voulait que je la prenne sur le champ. Elle était incroyablement humide, je suis entré en elle jusqu'au fond, j'ai senti le relief intérieur de son vagin étroit et parfumé, je me suis blotti contre elle avec ton mon corps (pendant ce temps, elle tirait mes fesses de toutes ses forces), nous nous sommes regardés dans les yeux, nous nous sommes embrassés et immédiatement le souffle d'Ema s'est arrêté, tandis que son corps avait commencé à se contracter. Je suis discrètement sorti de son corps, la laissant jouir en paix. Moins de dix minutes se sont écoulées et nous avons remis le couvert cette fois-là pendant plus longtemps, toutes les fois suivantes ont duré plus longtemps, nous avions même testé le jacuzzi et le sauna, que nous n'avions même pas allumé, tout comme le petit bar près de la porte d'entrée. Ça faisait longtemps que je n'avais pas éjaculé trois fois en une nuit. Une demi-heure avant que nous soyons obligés de quitter la chambre, je me suis endormi comme une masse, Ema m'avait à peine réveillé et obligé à m'habiller. Nous avons pris un taxi, acheté chinois sur la route : du poulet aux pousses de bambou, du bœuf à la sauce Sichuan, du poulet au soja et bien sûr, du riz. Nous nous sommes régalés, avant de nous endormir enlacés sur le lit, que Nina avait autrefois choisi, commandé et payé.

Au matin, l'interphone nous a réveillés. Ema m'a demandé si j'attendais quelqu'un. « Non, lui ai-je répondu, ça doit être le facteur ou un militant politique. » L'interphone a encore sonné, cette fois plus longtemps. « Et si c'était quelqu'un de ta famille ? » a demandé Ema. « Alors là, je ne risque pas d'ouvrir. » J'ai retourné Ema sur le dos, je suis monté sur elle et j'ai commencé à l'embrasser, j'étais dur et excité. Mais au bout de quelques minutes, la sonnette d'entrée s'est fait entendre. Ce n'est pas le facteur et encore moins un militant politique. Ema s'est énervée, alors que moi, j'ai rapidement enfilé mon bas de survêtement et un peignoir. Ma queue était encore dure, mais bon, c'est comme ça, je devais voir qui était à la porte. J'ai regardé à travers le judas. Kristina ! J'ai vite ouvert. Elle m'a regardé sans bouger pendant un instant, n'osant pas entrer.

— T'as oublié qu'on est le treize ? On s'est mis d'accord pour que je vienne le treize, non ?

Putain de merde !

— Oui, bien sûr… Mon Dieu, pourquoi tu ne m'as pas appelé pour que je t'attende à la gare ?

— Je t'ai appelé au moins cinq fois depuis hier soir, mais tu n'as pas répondu.

Mon portable était en mode silencieux depuis hier. Kristina s'est dirigée vers la chambre avec son sac sur l'épaule droite et la poignée de sa valise à roulette dans la main gauche. Elle s'est arrêtée d'un coup et s'est retournée dans ma direction. J'avais l'impression d'être un vaurien qui venait de se faire prendre la main dans le sac par ses parents. Elle m'a traversé du regard de la tête aux pieds. Je stressais.

— Tu n'es pas seul ?

Je devais avoir une expression idiote sur le visage, j'avais commencé à bégayer, ce qui ne m'arrivait jamais. Kristina a laissé sa valise dans le couloir et sans un mot, elle s'est dirigée vers le salon. Elle a déposé son sac à dos sur le canapé et s'est assis juste à côté, posant les coudes sur ses genoux ; elle était visiblement tendue. Pendant ce temps, j'ai essayé de nettoyer rapidement le plan de travail de la cuisine, en jetant les restes de nourriture chinoise d'hier dans une poubelle pleine à ras bord, puis j'ai ouvert le frigo en espérant y trouver un jus d'orange, mais en vain, il n'y avait rien à part un pot de beurre de cacahuètes, un thon en boite et deux citrons.

— Tu veux une limonade maison ?

J'ai jeté un coup d'œil dans le salon, où Kristina était assise sur le canapé, sans bouger.

— Maksim, s'il te plaît, sois honnête avec moi. J'ai constamment le sentiment d'être un fardeau pour toi, d'être de trop ici…

— Enfin quelqu'un qui sait ce que je ressens aux côtés de cet homme épouvantable !

Ema s'était habillée entre-temps, elle est passée à côté de moi sans m'effleurer, s'est arrêtée face à Kristina et lui a tendu la main.

— Salut, je suis Ema.

Kristina a levé les yeux vers Ema, qui était radieuse, mais sans la moindre insistance, avec un sourire généreux aux lèvres.

— Salut.

— Je peux m'asseoir à côté ?

Kristina a déplacé son sac et Ema s'est assise juste à côté d'elle. Belle technique. Comme elle est belle. Comme je l'aime.

— Elle vient cette limonade ?, demanda Ema.

J'ai nettoyé le plan de travail, lavé la vaisselle, coupé les citrons en deux, rincé le presse-agrumes à l'eau, fait une courte pause, car je venais d'entendre un rire mignon qui provenait du salon, puis j'ai continué à presser les moitiés de citron une par une, tout en m'arrêtant par moments pour espionner Kristina et Ema, mais je n'arrivais pas à les comprendre. Alors j'ai versé de l'eau chaude et du miel dans les limonades, mélangé le tout, nettoyé le presse-agrumes, essuyé le plan de travail avec un chiffon, ajouté deux glaçons, déposé le pichet de limonade et trois grands verres sur un plateau et je les ai servis.

Je ne savais pas qu'une première rencontre pouvait aussi bien se passer. Kristina et Ema parlaient l'une après l'autre sereinement et sans se couper, comme si elles se connaissaient depuis toujours, et non depuis une demi-heure. J'étais, évidemment, raide et planté comme un tronc d'arbre de Golija. J'étais silencieux, je hochais la tête et je souriais pendant qu'elles discutaient de toutes sortes de choses futiles. Comme d'habitude, à un moment donné, je me suis déconnecté et j'ai pris conscience de mes pensées. Kristina est intuitive, elle ressent tout, je ne peux rien lui cacher. Rationnellement parlant, c'est une bonne fille, un être au grand cœur, qui ne fait jamais de caprices, qui travaille ses devoirs et ne demande pas à ce que je lui consacre plus de temps ou d'attention. Pour être honnête, son arrivée dans ma vie ne m'avait apporté aucune restriction, et je n'avais pas eu à renoncer à certaines de mes libertés. Elle n'était pas non plus une charge financière, au contraire, elle est modeste et économe (elle avait plus d'argent de côté que moi), après tout, mes parents et son oncle Gavrilo lui envoyaient souvent de l'argent, des vêtements ainsi que des cadeaux. Mais pourquoi alors sa présence représentait-elle un poids ? Ema ne la considérait pas comme une menace, pourquoi le ferait-elle ? Kristina est une ado, elle est autonome, ce n'est pas comme si je l'avais eu au sein d'un mariage, ce qui aurait rendu inévitable la tension due à la présence de mon ex-femme. Ce qui facilitait également la situation était le fait qu'Ema n'avaient rien contre les enfants et, par-dessus tout, rien contre un homme qui a un enfant, autrement dit, Ema n'avait rien contre moi. En même temps, je ne pensais pas que Kristina dérangerait Ema, le problème résidait dans le fait que je savais que Kristina me dérangerait moi.

— Maksim, tu es toujours avec nous, tu viens d'entendre ce sur quoi on s'est mise d'accord ? Maksim ? Allô ?

Ema s'est penché vers moi et à tapoter du doigt la table.

— Oui ? Ah oui, oui… j'ai tout entendu, on va d'abord à Ušće pour acheter un maillot de bain à Kristina et tout ce dont elle a besoin, sinon on passera la journée de demain à la piscine du 25 mai.

Je me suis frotté le visage avec les paumes.

— J'ai hâte !, dit joyeusement Kristina. Ils ont annoncé une chaleur infernale pour demain, le moment idéal pour passer la journée à la piscine.

L'espace d'un instant, j'ai imaginé Viktor pendu à une branche de frêne noir. Ses joues étaient enflées, ses yeux exorbités, sa langue raide, son jean taché d'urine et de merde. Il ne ressemblait pas à un homme, mais plutôt à une poupée. Un serpent rampait autour de son corps sans vie. Tu as toujours été le plus digne, mon ami, tu as toujours été une meilleure personne que moi. Kristina et Ema ne pouvaient pas le remarquer, car j'avais passé la journée à rire et à essayer d'être normal, mais faire semblant n'aidait pas, je recommençais à sombrer. J'ai à nouveau été pris par cette sensation. Je ne me sentais pas bien, et quand je m'en suis rendu compte, ça a empiré. Tout cela n'est pas fait pour toi, Maksim, mais c'est comme tu veux, fais semblant tant que tu peux, la vie est possible tant que tu parviens à convaincre les autres que tu y tiens. Allez, fais comme si elle te tenait à cœur, tu peux le faire. Encore un peu.

3

Je me suis réveillé mort de fatigue. Je ne voulais pas me lever, j'essayais en vain de reconstituer le rêve agité que j'ai fait quand je me suis enfin endormi vers quatre heures et demie, après avoir passé quelques heures à fixer mon stupide téléphone, à lire des articles troublants sur des centaines de jeunes Arabes qui débarquent chaque jour sur les îles Egéennes. Ces jeunes ne sont pas aussi bons musulmans que nous sommes de mauvais chrétiens. Depuis plus de deux siècles, le néant érode l'existence historique de l'homme européen. C'est ce qui a rompu ses liens avec la religion, les mythes, la terre et le passé, et a enchaîné sa vie monotone avec la technique. Le nihilisme est la dernière étape de la civilisation, rien ne vient après. *Nihil*. Rien. Quelque chose d'autre va tout naturellement prendre place dans cet espace vide, quelque chose qui n'a pas encore épuisé son énergie d'illusion, quelque chose qui peut-être pendant plusieurs siècles encore ne regardera dans son néant. Mais une fois que les nations ou les individus goûtent le *rien*, alors chaque *quelque chose* devient insipide. Le quelque chose périt naturellement, alors que le rien est ce dont tu ne peux plus te débarrasser. Quoi qu'il en soit, j'ai passé la moitié de la nuit à savourer mon rien, l'autre moitié à faire un rêve étrange dont je ne me souviens pas. Je sais juste que j'ai rêvé de Nina et je me suis réveillé avec la certitude qu'elle était la seule femme au monde que j'aimais. Pendant ce temps, Ema dormait en silence à côté de moi. Quelle déchéance émotionnelle. Mais il fallait se préparer pour la piscine. La journée s'annonçait longue.

À la piscine du 25 mai, nous avons croisé les amis de fac d'Ema. Un type maigre avec une épaisse barbe de hipster bien entretenue, un autre dégarni avec un corps tremblotant et une nana aux cheveux courts, avec des tatouages et une expression faciale belliqueuse, qui ressemblait à une skinhead lesbienne. Sans réfléchir, Ema a accepté qu'on laisse nos sacs et nos serviettes aux côtés des leurs. J'ai remarqué que Kristina était mal à l'aise en retirant son t-shirt. La veille, Ema et elle avaient passé une bonne heure dans la cabine d'essayage du centre commercial, à la recherche d'un maillot de bain adapté. Aucun d'entre eux n'était assez spacieux pour sa poitrine généreuse. En maillot de bain et les cheveux dénoués, elle ressemblait à une nymphe. Pour des beautés pareilles, des guerres éclataient dans les temps anciens. J'ai prêté attention aux regards des amis d'Ema. Ils étaient dégoûtés. On voyait qu'ils considéraient la beauté physique visible à l'œil nul comme quelque chose d'indécent, d'agressif, du moins incompatible avec la vision égalitaire du monde. Spontanée comme elle l'était, la nature se voulait sélective et capricieuse, et même aristocratique, mais en tant que telle, la nature représentait nécessairement l'ennemi juré invincible et de classe supérieure de tous les dégénérés émancipés. Contrairement à Kristina, la lesbienne skinhead n'avait pas de seins, mais des cuisses énormes et les épaules larges, tandis que le dégarni avait les bras fins et la poitrine tombante. Il m'a fallu une heure pour réaliser qu'ils étaient en couple. Il se sont rencontrés à la fac, où ils suivaient tous deux des cours sur le féminisme et la théorie queer. En les écoutant, j'ai compris qu'ils faisaient du bénévolat dans les centres de prise en charge des migrants du Moyen-Orient et qu'ils plaidaient pour la légalisation des drogues douces et l'incrimination pour l'utilisation de viande animale dans l'alimentation. Comme de bons végans fondamentalistes, ils ont vite sorti du shit et du papier cigarette. À première vue, le hipster maigre à barbe semblait être quelqu'un de correct, mais il s'est alors mis à raconter de la merde sur son « projet d'art multimédia » appelé l'*Honorable vibrateur*. En effet, ce gars a filmé avec son iPhone la réaction de ses parents lorsqu'il s'est pointé lors de la fête religieuse de famille avec un vibromasseur sous la forme de Saint Nicolas. Son père l'avait giflé, son frère l'avait maudit, sa mère pleurait, les invités avaient commencé à partir, etc. Il a immédiatement posté son étude-vidéo de trois minutes sur les réseaux sociaux. L'idée était « d'observer les mécanismes répressifs de la culture hétéropatriarcale phallocentrique », ou un truc du genre. « Et quel a été le résultat de cette étude ? », ai-je osé demander. « Bah, que la culture hétéropatriarcale est répressive. » « Okay », ai-je répondu. J'ai remarqué que Kristina avait commencé à frire au soleil. La piscine en extérieur se remplissait à toute vitesse, alors je l'ai appelée pour faire quelques longueurs avec moi tant que c'était encore possible. Ema m'observait avec inquiétude, essayant de me présenter des excuses par le regard. Pas besoin, tout va bien, je vois la présence de ces personnes comme l'opportunité de travailler ma patience et mon indifférence.

Le soir, nous sommes allés dîner sur la promenade le long de la Save. Nous avions tous les trois pris des coups de soleil. À table, nous faisons des projets pour les prochains jours, pour le reste de l'été. Corfou, Leucade ou la Sithonie. Nous n'avons pas pu décider dans lequel de ces trois endroits il serait préférable de louer une maison, mais nous avons convenu d'étudier l'offre et de faire un choix dans les plus brefs délais.

Les jours qui ont suivi, nous avons tout fait ensemble. Même si personne ne m'a forcé la main, j'ai suggéré que nous allions déjeuner chez mes parents. Igor et sa famille sont également venus. Je savais qu'Ema ferait bonne impression et je voulais voir à quoi ressemblaient les relations familiales dans la dynamique de groupe. La communication était impersonnelle, mais chaleureuse. Tous étaient de bonne humeur, ou du moins tous avaient l'air de bonne humeur. Bravo. Quant à moi, j'étais désespéré.

Les choses ont commencé à échapper à leur contrôle après le mariage du cousin d'Ema. Je savais que je n'aurais pas dû y aller. Les mariages sont des fêtes païennes petites-bourgeoises, dont le but était d'écraser davantage l'individu avec des attentes sociales insensées. Si vous venez seul, il y aura certainement une tante pour vous demander : « Mais où est ta copine ? » Si vous emmenez votre copine, elle vous demandera sans aucune gêne : « Quand est-ce que vous allez vous marier ? ». Si vous avez emmené votre femme, la question qui suivra forcément est : « Qu'est-ce que vous attendez ? À quand le bébé ? » Vous en avez déjà un ? Vous n'allez pas vous arrêter en si bon chemin ! Cette folie pouvait durer éternellement. Le cousin d'Ema avait une solide formation en génie civil, mais ça ne l'empêchait pas de se comporter en conformiste idiot dans tout ce qui ne touchait pas le bâtiment. Les études de master à Cologne ne pouvaient rien y changer, pas plus que le prestige d'être « un fils de bonne famille ». La fiancée du frère d'Ema avait toujours rêvé d'un mariage blanc pathétique à l'américaine, avec un protocole stupide, des danses stupides, des discours encore plus stupides et des tubes d'ex-Yougoslavie insupportables. La veille du mariage, mes mains étaient gelées, mes paumes humides, mes émotions merdiques. J'ai pris un diazépam. Puisque j'étais encore tendu au bout d'une heure, j'ai repris 20 mg.

Kristina et Ema s'amusaient sur la scène, commandaient des chansons, se trémoussaient, riaient, discutaient et se prenaient en photo avec les invités, alors que moi, pendant ce temps, j'étais immobile, assis à table, comme une merde. À mes côtés se trouvait une femme en fauteuil roulant, la sœur aînée de la mariée, Jasna, qui souffrait de paralysie cérébrale depuis la naissance. Elle avait du mal à parler, grimaçait de douleurs, mais si j'avais bien compris, elle ne souffrait pas et son esprit était parfaitement préservé. Elle avait publié plusieurs recueils de poésie, dont un qui a été récompensé. Son partenaire avait la même déficience motrice, mais pour des raisons de santé, il n'avait pas pu venir. Jasna n'était pas triste, elle appréciait la fête sans la moindre jalousie, elle était sincèrement heureuse pour sa sœur. Ainsi, une personne qui ne pouvait même pas atteindre la rivière en roulant depuis un pont flottant était plus épanouie et heureuse que moi, un misérable qui souffrait d'une parfaite santé, un acteur incorrigible qui captivait par son regard et ses mots, mais qui renfermait une âme pervertie par la passion.

Lorsque le groupe de musique a fait une pause, Jasna m'a raconté avoir observé la veille des fourmis dans le parc de Tašmajdan, qui, que pouvait-elle faire d'autre, étaient engagées dans une collecte de nourriture organisée. Cette rationalité inconsciente l'avait amenée à penser qu'à l'origine de la nature se trouvait un Esprit infini et infiniment bon. Cette découverte l'a tellement emballée qu'elle avait chanté de vive voix en revenant à la maison. J'avais bien fait d'avaler tous ces diazépams, sinon j'aurais eu une crise de panique.

Heureusement que je n'étais pas la star de la soirée. J'observais le frère aîné du témoin, imbibé d'alcool, qui passait pour un con sur scène, à imiter Madonna dans le clip de « Hung up. » Gros, poilu, dégarni, il perdait la tête face au groupe, lançait des regards de séducteur aux femmes, se comportait de manière inappropriée envers la mariée, se collait littéralement à elle, imbibant de sueur sa magnifique robe. Quand le groupe a pris sa pause, il est monté sur scène et a commencé à se trémousser à côté du micro comme s'il s'agissait d'une barre de strip-tease et à chanter « Like a virgin. » Un spectacle douloureux. Son frère l'a escorté jusqu'à l'autre bout de la salle et sur le moment, j'ai senti le soulagement sur le visage des invités. Cependant, la scène la plus embarrassante a eu lieu lorsque les mariés ont coupé le gâteau. Les serveurs ont éteint les lumières, allumé les bougies et les cierges magiques, le groupe a commencé à interpréter « Wonderful tonight » de Clapton, puis les serveurs ont rassemblé les tables pour y déposer l'énorme gâteau à plusieurs étages. Ce plan fut contrecarré par le frère du témoin, qui s'est jeté sur les tables, sa chemise moulante s'est à ce moment-là relevé, laissant paraître son gros ventre poilu – et entouré d'invités abasourdis, il s'est mis à répéter : « Coupez-moi ! Coupez-moi ! » C'est ce qu'on appelle monter sur scène avec style. C'est la stupeur et une rude journée qui attendait notre pauvre ami demain.

Au retour, j'étais silencieux dans la voiture, alors que Kristina et Ema riaient et se racontaient les ragots de la soirée. Dès que nous sommes entrés dans l'appartement, nous avons commencé à nous disputer. Je reprochais à Ema le fait d'avoir appris à ma fille à danser comme une traînée. Ema était folle de rage.

— Sale merde ! criait-elle à travers les larmes. À tes côtés, personne n'a le droit de se détendre un instant, de se réjouir ! Qu'est-ce que tu veux de moi ? Regarde ce que tu fais ! Tu fais des idoles de tes états de conscience obscurcis. Je dois me sentir coupable parce que j'en ai bien profité ? Qu'est-ce que je t'ai fait ?!

— Je dis juste que c'était inapproprié que tu danses comme une traînée et que tu flirtes avec tout le monde sous les yeux de Kristina.

— Ema, ne fais pas attention, dit Kristina, tu ne vois pas qu'il est en pleine crise ?

— Lui, en crise ? Lui ?! Et nous alors ? Ce monstre ne se demande-t-il jamais si tu vas bien ? Il est parfaitement indifférent envers tout le monde. Non, il n'est pas indifférent, il nous méprise tous. Tous se prosternent devant lui comme s'il était dieu ! Pourquoi ?! À cause de sa vanité sans fin ! Sors une bonne fois pour toutes de ton marais, bon sang ! Tu ne vis pas seul sur terre et tu n'es pas aussi spécial que tu l'imagines.

Ema s'est précipitée dans la salle de bains. On a entendu des sanglots. Kristina s'est assise à côté de moi sur le canapé.

— Tu as l'intention de m'abandonner, avoue.

Kristina tremblait.

— J'ai juste besoin de souffler un peu, c'est tout.

— Souffler de quoi, Maksim ? Tu ne fais rien ! Tu veux te reposer d'Ema ? Elle t'aime, imbécile. Pourquoi tu la repousses ?

— Je ne sais pas. Je suis fatigué.

— Que ferais-tu si tu étais complètement seul ?

— J'appellerais Mila et Goran, puis j'irais me défoncer à l'alcool et à la drogue.

— D'accord. Pourquoi tu ne le fais pas ? » J'ai baissé les yeux.

— Vas-y, va faire ce que tu veux. C'est insupportable. Je ne suis pas un obstacle et je ne te reproche rien. Je te demande juste de ne pas faire de moi un ennemi. C'est d'accord ?

— Tu le dis maintenant, mais demain, c'est la Sainte Inquisition qui va m'accueillir.

— Je ne sais pas, Maksim, tu dois décider toi-même de la façon dont tu veux vivre. Si je le pouvais, je prendrais sur moi toute ta douleur.

— Ne sois pas ridicule. –

Ema est sortie de la salle de bain les yeux gonflés.

— Kristina, ça ne sert à rien de lui parler maintenant. Je suis stupide de m'énerver contre un homme malade. Je suis stupide d'avoir cru pendant un instant qu'on pouvait réussir ensemble…

Ema a essuyé ses joues humides avec ses mains.

— Alors ? C'est quoi le plan, Maksim ? Tu vas draguer en ville ? S'il te plaît, n'oublie pas de te protéger si tu sautes une salope. Et puis zut, j'en ai rien à faire, à ton retour, je ne serai plus là.

— Laisse-le, dit Kristina, il te suppliera de revenir demain.

— Ça ne m'intéresse pas. Je m'en vais s'il n'avale pas sur le champ le disulfirame qu'il ne prend plus depuis quelques jours. Pourquoi tu me regardes comme ça ? Tu croyais que je n'avais pas remarqué que tu mentais ? Je te connais que trop bien, sale menteur !

— Maksim, tu veux bien prendre un disulfirame ? S'il te plaît ?

C'était humiliant.

— Je vais faire un tour dans le quartier, pour me rafraîchir les idées, on continuera cette discussion à mon retour, d'accord ?

Ema hochait la tête en me lançant un regard qui en disait long ; « alors c'est comme ça ».

— Vas-y, Maksim, et amuse-toi bien.

4

En tapant sur Google, j'ai trouvé l'emplacement exact du siège social de l'entreprise de Goran, celle où les employés du centre d'appel donnaient des instructions aux techniciens de terrain qui s'occupaient des caisses enregistreuses et des distributeurs d'argent. J'ai fait un tour au supermarché pour acheter une bouteille de Jack, puis je suis monté dans un taxi en direction de Novi Beograd, à Airport city pour être plus précis.

À la réception, j'ai été accueilli par le portier, un homme âgé au visage sillonné de rides dans un costume bleu marine à l'ancienne, dont on pouvait apercevoir les pliures sur les coudières à cause de l'usure. J'ai tout de suite remarqué ses tristes chaussures à bout en bec de canard. Il ne m'a pas laissé entrer dans l'ascenseur, bien que je lui aie fait savoir que j'avais rendez-vous avec le directeur, Goran. Pendant que j'attendais qu'il vienne me chercher, le portier m'a fait savoir qu'il était strictement interdit de fumer. Puisqu'il n'y avait pas de cendrier à portée de main, j'ai laissé ma cigarette à moitié consumée dans le goulot de la bouteille, puis j'ai bu une gorgée. J'en ai proposé au portier qui m'a remercié et m'a surpris en disant qu'il avait arrêté il y a dix-neuf ans, sept mois et quatre jours.

— Quatre jours ?, ai-je marmonné avec désintérêt.

— Dix-neuf ans, sept mois et quatre jours, a répété le portier avec fierté.

— Félicitations, ai-je répondu, je rencontre enfin quelqu'un qui pense à la boisson plus que moi.

— Eh bien, tu pourrais au moins m'envoyer un message avant que l'idée ne te vienne dans cet esprit fou de passer au bureau pour me ruiner ?!

Goran ne pouvait pas cacher sa joie de me voir après un long moment.

— Que veux-tu que je fasse, je dois te foutre un peu la honte devant tes collègues. En fait, je prévois de te faire perdre ton job pour qu'on puisse draguer sans arrêt.

— Ah ah ah, je vois que t'es en forme ! Allez, on monte, Ognjen est au bureau, il sera content de te voir... Sinon, les nouvelles collègues sont là... si tu voyais ces petites chattes ! Tout juste sorties de la fac, fraîches comme les fraises du mois de mai !

— Arrête tes conneries, Goran, bois un peu de Jack, réveille-toi.

Goran s'est rué sur la bouteille dans l'ascenseur et a bu quelques bonnes gorgées. Ses yeux se sont immédiatement injectés de sang et devenus brillants.

Alors que nous montions en ascenseur, je me suis regardé dans le miroir. Une pâleur de mort, des rides nettes autour de la bouche, des lèvres orgueilleusement serrées, un regard plein de mépris. J'avais vieilli. J'étais rempli de haine.

Le centre d'appel était au septième étage. Il s'agissait d'une grande pièce remplie de cabines dans lesquelles étaient principalement assises de jeunes femmes avec des écouteurs et des micros. Elles donnaient des instructions aux clients dans un anglais courant, en regardant en permanence les cartes satellites des villes sur leurs ordinateurs. Il était 23 heures passées et le centre était bondé. Goran m'a dit qu'il y avait beaucoup d'affluence pendant le service de nuit, en raison du décalage horaire avec la Californie, d'où provenait la majorité des appels.

Nous sommes entrés dans le bureau d'Ognjen. Il était en plein entretien professionnel via Viber, il m'a fait un signe de la tête et a souri en me voyant, mais ça n'avait pas affecté le ton sec, sérieux et professionnel, qu'il avait maintenu tout au long de la conversation. D'après ce que j'ai pu comprendre, il avait passé des accords avec ses supérieurs de San Diego, qui exigeait le licenciement d'une partie des employés et que les autres bénéficient d'une augmentation de cinq pour cent de leur salaire net et que leurs heures de travail soient prolongées de deux heures.

Quand il a raccroché au bout de dix minutes, Ognjen m'a pris dans ses bras, m'a dit que j'étais « beau comme un cœur », puis nous nous sommes assis tous les trois à son bureau. Ognjen a sorti une bouteille de cognac Hennessy XO et trois verres de sa vitrine, puis à l'aide d'une clé miniature, il a ouvert le tiroir situé juste en dessous du grand écran de son ordinateur. Il en a sorti un sac en plastique contenant quelques grammes de coke. Pendant qu'Ognjen traçait des lignes avec une carte bleue, Goran avait sorti un billet de cent euros, qu'il a habilement enroulé, et nous avons directement commencé à sniffer la poudre chatoyante, qui supprimait la fatigue et tous les symptômes négatifs causés par une consommation excessive d'alcool. Le Jack a vite rendu l'âme et nous sommes passés au cognac. Ognjen faisait des signes que je n'essayais pas d'interpréter à la secrétaire. Très vite, trois jeunes et belles stagiaires se sont jointes à nous pour boire et sniffer, une blonde, jolie et avec de petits seins et deux brunes avec des cuisses et des culs imposants ainsi que d'énormes poitrines. Ognjen a fait un tour de table et a embrassé chacune d'elles sur la bouche. Très vite, nous

nous sommes tous embrassés sur la bouche. Quelque chose me tracassait et ne me laissait pas de répit.

— Vous savez que votre portier n'a pas bu une goutte d'alcool depuis deux décennies ?

— Qui ? Bane ? C'est un type bien, il est devenu grand-père le mois dernier. »

— Qu'est-ce que tu racontes, s'est écrié Ognjen. Ça va fait au moins six mois !

— Impossible. Je lui ai donné une prime de dix mille et j'ai personnellement envoyé un cadeau à sa petite fille avec des fleurs, des couches, des pommades et toutes ces conneries. Je m'en rappelle comme si c'était hier.

— Ah ah ah, tu vois que ton cerveau s'est transformé en noix à cause de la drogue et l'alcool, c'était avant le Nouvel An.

— Mais non, j'en suis sûr, il faisait chaud, je me souviens de tout.

— Pourquoi vous n'appelez pas le gars, demandais-je soudainement, laissons-le dire lui-même quand est-ce qu'est née sa petite fille.

Les filles ont commencé à rire.

— Tu as raison !, a crié Ognjen, avant d'ordonner à la secrétaire de faire venir le portier, Bane.

Le portier est monté au bureau d'Ognjen après quelques minutes. Son visage est devenu pâle et sombre dès qu'il a remarqué l'atmosphère qui régnait à l'intérieur.

— Dis-moi, Bane, quand est-ce qu'est née ta petite fille ?

— Le 27 mai, patron.

Nous avons tous ri.

— Qui a une noix à la place du cerveau, hein ? Qui ?, criait Goran.

— Mais c'est impossible, monsieur Bane, tu dois te tromper, c'était au Nouvel An !

Le portier se forçait à rire. Il avait une expression servile sur le visage, ça m'avait dégoûté.

— Asseyez-vous, m'sieur Bane, lui dis-je, qu'est-ce que vous voulez boire ? Nous avons un excellent cognac…

— Merci, monsieur, mais je ne bois pas.

— Ça va faire combien déjà, deux cent soixante ans, quarante-quatre minutes et tic-tac, tic-tac, tic-tac, ah ah ah !

— Dix-neuf ans, sept mois et quatre jours, monsieur.

Nous avons tous commencé à hurler de rire. Le portier était mal à l'aise, mais il souriait toujours misérablement, comme un domestique.

— Allez, monsieur Bane, asseyez-vous à côté de moi, lui ai-je dit, aujourd'hui, j'ai *arrêté de ne pas boire* après moins longtemps, et pour être franc – je me sens mieux. Imaginez comment vous vous sentiriez après toutes ces années ! Ce serait l'extase à l'état pur !

— Bane, tu pourrais t'en envoyer un avec nous, pour ta petite fille !

Ognjen se balançait sur sa chaise.

Soudain, les filles ont commencé à tourner autour de lui et à le persuader de boire un verre de cognac.

— Ne m'en voulez pas, mesdames et messieurs, je ne peux pas, et si vous me le permettez, j'aimerais retourner à l'accueil…

— Assieds-toi bordel de merde ! a grogné Ognjen comme un animal.

— Arrête tes conneries, Ognjen, calme-toi et laisse-le partir.

Goran a froncé les sourcils.

Le portier s'est assis à côté de moi. Je lui ai tendu un verre en disant de ne pas s'en faire, car c'était du coca. Je lui ai demandé de nous montrer des photos de famille. Bane a sorti son téléphone, m'a montré les photos pourries du mariage de sa fille, je me suis rendu compte qu'il avait mauvaise haleine, j'ai remarqué que sa fille était une belle pouliche et son gendre, un gros porc par excellence. Il m'a ensuite montré les photos du baptême de sa petite fille dodue, puis d'un barbecue qui avait eu lieu sur son terrain délaissé près de Smederevo. Je faisais semblant de m'y intéresser, je commentais de manière hypocrite les photos, tout en faisant des clins d'œil à Ognjen qui versait discrètement du coca sur le cognac dans le même verre que je servais encore et encore à Bane, qui pendant ce temps m'expliquait qui se trouvait sur les photos. Inconsciemment, il buvait et devenait de plus en plus bavard.

On le regardait tous et on se retenait de ne pas éclater de rire encore une fois.

— Encore un coca, monsieur Bane ?, ai-je demandé à voix haute.

— Avec plaisir, d'habitude je ne bois pas cette merde ricaine, mais ça va pour aujourd'hui.

Monsieur Bane, le portier, a bu neuf ou dix coca en une heure, je ne suis pas sûr. Quand on lui a enfin avoué que tout ce temps, il avait bu du coca au cognac, il est devenu rouge et s'est mis à transpirer, avant de commencer à rire comme s'il n'avait pas toute sa tête. Il a saisi la bouteille de cognac sur la table et en a bu près du quart cul sec. Il en a immédiatement redemandé.

— Hé… , dit Ognjen, bien sûr qu'il y en a, mais une de ces bouteilles de cette eau de feu coûte un peu moins que tout ton salaire, Bane, et toi tu as une bonne descente. Il n'y a plus de cognac, mais on a un bon vieux Johnny Walker pour toi, si tu savais comme il est doux. Comme du beurre !

— Ça me va, chef, peu importe, tant qu'on s'amuse !, s'est écrié Bane.

— Je te donne toute la bouteille si tu fais le tour de la table à quatre pattes en aboyant comme un cabot ouaf ouaf ouaf ouaf !

— Arrête tes conneries, Ognjen, n'exagère pas, laisse-le ! Tu vois qu'il ne se sent pas bien. Dis quelque chose, Maksim ! T'avais vraiment besoin de ça ?!

Goran s'est levé et s'est mis à marcher nerveusement dans le bureau.

— Doucement, ai-je dit, nous sommes de bons gars, Bane, on n'est pas comme ça ! Vous croyiez vraiment qu'on vous aurait obligé à aboyer comme un molosse pour un stupide whisky ?!

— Monsieur, j'aboierais s'il le fallait, vous êtes jeune, c'est sympa d'être avec vous, je l'ai été, j'ai fait la fête, beaucoup trop même, monsieur…

— La fête vous dites ? Eh bien, ce soir, vous allez faire la fête avec nous. Au matin, vous me direz si c'est comme dans votre jeunesse, ça m'intéresse.

— Maksim, ça suffit, est intervenu Goran, rentrez chez vous, Bane, prenez votre journée de demain, après-demain aussi si nécessaire, voilà de l'argent pour le taxi, ne nous en voulez pas, on s'est un peu emporté.

Goran a sorti 2000 dinars de son portefeuille et les a donnés au portier.

— Non, non… ne l'écoute pas, Bane, cet escroc de Maksim a raison, tu viens avec nous boire jusqu'à l'aube !

Goran s'est contenté de hausser les épaule et a marmonné qu'il en avait plus rien à foutre.

— On va où ?, demanda une des collègues. On ne va quand même pas dans une de ces boites pourries de la rue Cetinjska ?

— En boîte, bien sûr, mais dans une boîte où vous n'êtes jamais allées, croyez-moi. Une telle chose n'existait pas à l'époque où Bane faisait la fête, ah ah ah !

J'ai immédiatement appelé Mila pour lui demander où se trouvait ce fameux endroit obscène dont elle m'avait parlé. Elle a promis de me le dire à condition que je l'invite à nous rejoindre. Elle aime sniffer et se faire sauter dans des orgies, on ne la changera jamais. Aucun problème, c'est encore mieux en ce qui me concerne. En fait, ça tombait bien, car on commençait à faire de plus en plus de bruit dans le bureau d'Ognjen. Mila nous a donné une adresse dans la rue George Washington, où se tenaient des soirées spéciales avec des couples et des groupes qui « discutaient » en buvant et en écoutant de la musique. Objectivement parlant – rien de spécial – une baraque modeste de deux étages éclairés différemment. Au premier, le plus éclairé : un bar, une scène, des carrés VIP, des transats ; au deuxième, qui était plus tamisé : des chambres avec des lits, un sauna, une piscine chauffée à la température du corps humain. Nous nous sommes mis à l'aise. À l'image d'un couple habitué de la séduction, Mila et moi avons rapidement commencé à discuter avec un gentil couple de Subotica. Ils étaient peut-être légèrement plus âgés que nous. Les boissons s'enchaînaient, Ognjen était parti jusqu'à la voiture pour prendre encore de la coke. Après les préliminaires et après avoir couché avec le couple de Subotica, je me suis endormi comme une masse. En me réveillant, Goran et Ognjen, cela va de soi, s'étaient déjà éclipsés, alors que Mila avait passé la nuit à faire le guet à côté de moi. « Tu as pleuré dans ton sommeil, tes joues étaient complètement humides. Je suis désolée, Maksim, de te voir autant souffrir. Tu veux que je te ramène chez toi ? » J'avais un de ces mal de crâne, mes yeux me brûlaient. « Pas chez moi, je ne peux pas me pointer comme ça, je peux rester chez toi un jour ou deux ? »

Dans le taxi, sur le chemin de l'appart de Mila, je me demandais ce qu'avait ressenti Viktor en allant en bus de Čačak à Ovčar Banja. À quoi pensait-il ? Était-il en colère ou triste ? Se sentait-il abandonné et trahi ? Je n'ai pas dit un mot, mais les larmes me coulaient sur les joues. Nous sommes arrivés vers 11 heures. Avant que je ne me couche dans lit de Mila, j'ai pris une douche. La chambre était sombre, les draps fraîchement lavés. J'ai demandé à Mila de ne pas me laisser seul. Elle s'est allongée à côté et m'a pris dans ses bras, avant de me répéter une nouvelle fois qu'elle était désolée de me voir autant souffrir.

Vers midi, Goran m'a appelé à l'improviste et d'une voix extrêmement sérieuse, m'a demandé si je savais où était Bane le portier ? Eh merde ! Qu'est-ce que j'en sais. Je n'ai pas fait attention à lui une seule fois au moment où j'ai franchi la porte de la boite. J'ai pensé qu'il ne s'était pas bien senti et qu'il avait décidé de quitter la soirée. Apparemment, il n'est pas rentré chez lui et sa famille est inquiète. Ils ont signalé sa disparition à la police. Merde !

Le soir, nous avons appris que Bane avait passé la matinée à faire le tour des bars de sa jeunesse, et que dans l'après-midi, à cause d'une forte crise de pancréatite, il a fait une chute dans la rue, a heurté sa tête sur le trottoir, a eu un hématome et a été transporté par une ambulance aux urgences, en réanimation, où les médecins se sont battus en vain pour sa vie pendant quatre heures.

5

Je n'ai pas pu quitter l'appartement de Mila pendant des jours. Chaque fois que le téléphone ou l'interphone sonnait, j'avais une crise de panique, pensant que quelqu'un venait m'arrêter, me punir, me tuer. Mila m'a dit que je débitais des inepties en dormant, d'après ses dires, j'aurais supplié Viktor de rendre ses chaussures à Bane. La situation empirait de jour en jour. Un soir, ma température a d'un coup grimpé à quarante degrés. Je me suis brièvement évanoui dans le lit, Mila n'a pas réussi à faire venir une ambulance, alors elle a appelé Igor, qui est arrivé en moins de vingt minutes, pour me faire une piqûre et une perfusion, après quoi j'ai dormi pendant un long moment, plus de quinze heures.

Quand je me suis réveillé, Rastko était assis dans le fauteuil en face de moi. Il était plus grisonnant qu'avant, il avait aussi pris du poids, mais il le portait bien, tout comme ses vêtements nord-américains anticonformiste en tissu fin, qui n'enlevaient rien à sa fameuse posture élégante.

— Rastko, où est-ce que tu étais jusque-là ?! Je m'effondre, mon ami.

— Je vois ça.

— Si tu étais venu un jour plus tôt, tu aurais vu Viktor. Dommage !

Rastko était silencieux et me regardait attentivement.

— Hier encore il est passé, là sur le balcon, tu n'y croirais pas, nous avons longtemps parlé, longtemps, de tout, de lui, de toi, de nous… Il m'a ordonné d'écrire, il m'a dit que chacun avait son devoir, que le mien était d'écrire, de décrire notre amitié. J'ai essayé de lui expliquer que je n'avais pas la force pour une telle chose et que j'allais tout rater, que j'allais trahir notre amour. Il m'a grondé parce que je reculais face à la difficulté…

Allez, a-t-il dit, je vais te montrer où je vis et où je travaille maintenant. Il m'a pris par la taille et nous n'étions plus sur le balcon de Mila, mais dans un club de karaoké, loin, très loin d'ici. À Pékin, je crois. Ou à Séoul. Je n'en suis pas sûr. Quoi qu'il en soit, il m'a emmené dans un club où il se produisait régulièrement, il m'a présenté comme son ami à des invités que je n'arrivais pas à comprendre, car ils étaient tous Asiatiques, mais j'avais compris qu'il avait un statut de star dans ce lieu. Tout le monde l'admirait, Rastko ! Si seulement tu avais pu voir cette performance ! Viktor s'était sérieusement préparé. Il est monté sur scène vêtu d'une magnifique toilette rouge pour femmes. Mains, jambes et torse épilés, perruque bleue sur la tête, maquillé comme Marilyn Monroe, ongles vernis, il ressemblait à la queen de toutes les Drag queens… Ah ah ah… Seulement… il y a une chose que je n'avais pas comprise, il y avait un portier, c'est bizarre, mais peu importe, en gros, pour une raison que j'ignore, Viktor portait constamment ses chaussures…

— Maksim…, Rastko a essayé de m'arrêter.

— Non, non, ne me crois pas, Rastko, il est toujours aussi têtu, ce genre de chaussures étaient à la mode dans les années 1990, si ce n'est avant, elles sont d'une… tristesse. Mais peu importe, Viktor a fait une super performance, inoubliable, presque mystique… Il a fini par chanter « I heard it through the grapewine », notre version préférée interprétée par Tuxedomoon… Tu te souviens ? J'étais très content pour lui. Je savais que tôt ou tard il monterait sur scène et conquerrait le monde.

— Maksim, répéta Rastko plus fort, il est temps d'y aller, ne résiste pas, tout va bien se passer, je suis là maintenant, je te promets que tout, mais vraiment tout, ira bien à la fin, tu me fais confiance ?

— À la fin, tu dis ? La fin est importante, Rastko, en fait, quel que soit le sujet, la fin est ce qu'il y a de plus important... Si tu savais à quel point je suis heureux que tu sois là ! Mais j'ai fait une grosse connerie et je ne peux plus remettre les choses en ordre. Une bonne fin ne se profile pas pour moi à l'horizon, mon ami... Putain, j'ai une de ces migraines, si tu savais ce que j'ai mal... Je peux juste aller dans la salle de bain vite fait, prendre une douche avant qu'on parte ?

— Maksim, pas le temps. Tu prendras ta douche à notre arrivée.

— On va chez Kristina ? J'ai oublié de te le dire, mon ami ! Il y a beaucoup de choses que tu ne sais pas ! J'ai une fille ! Si tu savais ce qu'elle est belle et gentille, j'ai hâte de te la présenter. C'est juste qu'elle doit me détester en ce moment, je ne m'y suis pas vraiment retrouvé dans le rôle de père, en fait, pas du tout, mon ami...

— Ne t'en fais pas, tu t'y retrouveras quand tu seras prêt, je crois en toi. Seulement, Maksim, tu dois écouter ce que j'ai à te dire : Kristina n'est pas ta fille.

— Qu'est-ce que tu racontes, mec ?

— On a fait un test de paternité, comme il faut cette fois-là. Le résultat est sans appel. Kristina n'est pas ta fille.

— Comment c'est possible ? Il n'y a jamais d'erreur avec ces tests, Nenad m'a apporté les résultats...

— Tu sais toi-même que le parrain de Nenad est le propriétaire du laboratoire où tu as été testé. Nenad a délibérément demandé que les résultats soient truqués, il t'a délibérément menti en pensant que le fait d'avoir une fille allait enfin te réveiller.

— Rastko, qu'est-ce que tu racontes, bordel ?! Nenad est mon ami, il a toujours été là pour moi, et toi tu parles comme si tu étais mon ennemi ! Tu veux me prendre mon enfant ?

— Kristina n'est pas ton enfant, le mien non plus si ça t'intéresse.

Nous sommes restés silencieux pendant deux minutes.

— La dernière fois que tu as quitté la maison, Kristina a eu une crise, elle a eu des convulsions. Un grand mal, Maksim. Igor m'a contacté via Skype, c'est comme ça que j'ai sauté dans le premier avion pour Belgrade.

— Excuse-moi, je dois aller aux toilettes. C'est urgent.

Rastko s'est levé et a commencé à me suivre anxieusement jusqu'à la salle de bains.

— Qu'est-ce qui ne va pas chez toi, mec ? Laisse-moi pisser !

— Ne rends pas la situation plus difficile qu'elle ne l'est déjà, Maksim, fais-le devant moi. S'il te plaît. Il ne va rien t'arriver.

Je l'ai juste poussé et j'ai couru dans la salle de bains où j'ai réussi à m'enfermer avant qu'il n'attrape la poignée. Rastko s'est mis à donner des coups de pied dans la porte, essayant de la forcer, alors que pendant ce temps je buvais cul sec du dégraissant pour carrelage, avalait le peu de somnifères que possédait Mila (des conneries aux plantes), puis j'ai pris le rasoir de Mila, celui avec lequel elle se rasait les jambes, avant de commencer à me frapper de toutes mes forces les articulations et le cou avec, ma peau était arrachée, j'étais en sang de partout, mais je n'avais pas réussi à faire une incision plus profonde ou à toucher une veine. Rastko a forcé la porte et on a commencé à se battre. Il a réussi à m'attraper par le col, tandis que moi, je l'ai frappé sur la tête avec le pommeau de la douche, jusqu'à ce qu'il se casse littéralement. Nous sommes tombés par terre, après avoir déglingué les petites armoires suspendues, brisé le miroir, renversé tout ce qu'il y avait à renverser dans la pièce. Je suis monté sur Rastko et j'ai commencé à lui mettre des coups de poing au visage, j'avais touché son nez et du sang avait giclé sur le carrelage. C'est à ce moment-là que nous nous sommes arrêtés un instant. Rastko est resté allongé au sol à haleter, tandis que je suis parti tout droit dans la cuisine. J'ai ouvert les tiroirs un à un, à la recherche du couteau adapté. Rastko m'a sauté dessus et s'est mis à me frapper à la tête avec une statue en bronze, que l'ex de Mila lui avait offert. J'ai perdu connaissance.

Je me suis réveillé attaché au lit et relié à une intraveineuse. Je criais, hurlais et gémissais. Je n'avais aucune idée de l'heure qu'il était. J'appelais ma mère. L'infirmière m'a dit que mes parents étaient passés pendant les heures de visite, puis elle m'a administré des sédatifs supplémentaires dans la pochette reliée à la veine de ma main droite. Avant que je ne perde conscience à nouveau, j'ai remarqué que Viktor était allongé dans lit voisin. Ses yeux étaient fermés et il respirait par la bouche. Il ne m'a même pas regardé, il a juste dit : « Pourquoi tu résistes ? Laisse cette tempête te briser une bonne fois pour toutes. Ne sois pas aveugle, ne laisse pas tout ce qui te gêne t'empêcher de reconnaître la beauté qui est plus vieille que toi et moi et que le monde entier. Réveille-toi, mon ami, tu peux le faire. »

* * *

Deux ans après la mésaventure avec le portier Branislav Pešić, Rastko est revenu à Belgrade, cette fois accompagné de son partenaire de longue date Sean Brennan, un Canadien roux d'origine irlandaise, qui écrivait des critiques notables pour des magazines de musique réputés. Kristina est restée à Vancouver, où elle a décidé de se consacrer à des cours intensifs de théâtre, de diction et de chant, à la fin de l'année scolaire. Elle avait déjà eu plusieurs rôles notables dans des publicités, et elle avait même fait une apparition dans un court métrage de SF, qui avait été bien accueilli dans les festivals en Amérique du Nord. Bref, Kristina venait de renaître et n'avait ni l'envie ni le temps de venir en Serbie.

Avant même d'arriver à Belgrade, Sean a appris que Wieland Wagner, le petit-fils de Richard Wagner, avait séjourné à l'hôtel Moscou. Comme le peintre était un ivrogne de première et n'avait pas l'argent pour payer son séjour, il a réglé sa note en offrant à l'hôtel une huile sur toile intitulée « Boka. » Intrigués par cette anecdote, Rastko et Sean ont loué l'appartement 214, où se trouvait ce précieux tableau et qui offrait, soit dit en passant, une vue magnifique sur la fontaine Terazije. Rastko est venu en Serbie pour aider sa mère à rassembler les documents nécessaires pour obtenir un visa d'immigrant pour le Canada et pour vendre la propriété qui appartenait à son défunt père. Les fonds de la vente ont été remis à Radmila Matijašević, qui, grâce à cela, a pu enfin quitter Golija, acheter une maison à Sopot et se lancer dans l'apiculture, qui était devenue une activité assez lucrative ces dernières années.

La veille de leur départ pour l'Ecosse, où Rastko et Sean avaient l'intention d'assister à la finale du célèbre festival international d'Edimbourg, Rastko a invité un cercle restreint de vieux amis dans leur appartement. À l'heure du déjeuner, Mila et Goran m'ont appelé pour me demander si je voulais y aller avec eux. Je leur ai répondu que je n'irais nulle part sans être invité. Rastko m'a appelé vers seize heures. Il a insisté pour que je vienne. Il m'a aussi demandé si cela me dérangerait qu'il serve de l'alcool aux invités. Je lui ai répondu que ça ne me posait aucun problème et que je me débrouillais bien dans le rôle de sage grec de symposium – le chef de banquet, qui ne buvait pas, mais faisait attention à ce que les autres n'exagèrent pas sur la bouteille et les conversations inappropriées. Dès que je suis entré dans l'appartement, j'ai compris qu'avec Sean dans les parages, je ne pouvais être le chef de quoi que ce soit. Le gars avait vraisemblablement l'habitude de faire des situations quotidiennes d'élégants phénomènes esthétiques. Il a immédiatement récupéré toutes les cigarettes ordinaires des fumeurs et les a jetées aux ordures. Il a alors posé une boite en bois contenant plus d'une centaine de gitanes sans filtres. Il a laissé dans un coin toutes les bouteilles de vin et de whisky qu'avait apporté les invités, sans cacher son dégoût, et a servi du Glenfiddich single malt, un whisky dix-huit ans d'âge. Il mélangeait l'alcool à de l'eau fraîche Evian, en veillant soigneusement que le rapport whisky/eau soit de 2 pour 1 en faveur du whisky. Quant à moi, il m'a versé un verre d'eau et m'a demandé si je voulais un espresso fait avec des grains du Nicaragua. J'ai hoché la tête en signe de reconnaissance. Il ne nous a même pas demandé si nous avions quelque chose contre le fait de discuter avec en arrière-plan « L'Or du Rhin » de Wagner, qu'Herbert von Karajan a joué à Salzbourg en 1967. Bien sûr, personne n'a pensé à s'opposer à cet homme, qui se souciait plus de l'esthétique que des invités. Très vite s'est répandu le son uniforme, mythique et digne de celui d'un orgue, des cuivres du prélude. Mila, Goran, Marta, Goga et moi étions plantés sur nos chaises, n'osant pas interrompre ce moment solennel. Sean se tenait debout devant la fenêtre avec une cigarette à la main, il plissait les yeux et dictait doucement le tempo lent de l'orchestre avec sa main droite. L'heure du coucher du soleil approchait, la soirée était chaude, un vent agréable soufflait, beaucoup de jeunes d'humeur festive s'étaient rassemblés devant la fontaine Terazije. À un moment donné, Rastko a tapoté les fesses de Sean et lui a ordonné de « s'asseoir et de se calmer un peu parce que les invités n'étaient pas venus pour écouter de la musique ». Sean lui a répondu que c'était « vraiment dommage » avant de s'affaler dans son fauteuil avec une expression d'enfant-boudeur sur le visage. Je voulais lui dire qu'il en attendait beaucoup trop de l'art, mais je me suis quand même abstenu. Après tout, nous ne sommes pas venus débattre du sens de l'art. Mais pourquoi sommes-nous venus ?

— J'ai oublié de te dire qu'Ema était aussi la bienvenue ce soir, demande-lui de se joindre à nous si elle est d'humeur, proposa Rastko avec courtoisie.

— Je lui ai proposé de venir, mais aucune chance. Viktor a encore une infection. Depuis qu'il est entré à la crèche il y a deux moi, il est malade presque une fois par semaine.

— Pauvre bébé ! Il est obligé d'y aller, dans cette crèche ?, demanda Marta.

— Ema et le pédiatre pensent que c'est la meilleure des manières pour que l'enfant renforce son immunité.

— Tu aurais peut-être dû attendre qu'il grandisse un peu, qu'il ait deux ou trois ans…

— Marta, de quoi tu te mêles, les parents savent ce qui est le mieux pour leur enfant, trancha Goga.

— Dans ce genre de situations, tout le monde sait tout et personne ne sait rien. En fin de compte, tu dois prendre tes propres décisions.

— Portons un toast aux bonnes décisions !, prononça Goran en levant son verre.

Tous ont trinqué sauf moi.

— Tu as l'air en forme, Maksim, dit Rastko.

— Ne me fais pas rire. Tu ne devrais pas juger un moine à son habit.

— Ne commence pas, s'il te plaît, Goga leva les yeux au ciel.

— Pourquoi ? Tout va bien chez toi ?

— Bien ? Ah ah ah ! Deux semaines après que mon père est subitement mort d'une crise cardiaque, j'ai dû me faire retirer un myome de l'utérus. Ils ont aussi retiré mes ovaires pour être sûr. Mais je vais bien, Maksim, merci de demander.

— Je suis désolé, je n'étais pas au courant.

— Putain, qu'est-ce qui nous est arrivé, demanda Marta, il fut un temps où nous étions frais et plein de confiance dans l'existence, maintenant nous sommes tous dans le cirage.

— Si tu n'ajustes pas tes attentes après la trentaine, tu finis comme Maksim.

Pourquoi tu l'embêtes, merde ?!, cria Mila sur Goga.

— Goga a raison, je suis victime de mes propres illusions, dis-je en baissant le regard.

— Si seulement tu étais la seule victime de tes illusions.

Goga s'est versé un autre verre de whisky.

— Je ne sais pas comment tu as pu continuer à vivre après tout ce que tu as fait.

J'ai regardé Rastko. Il a vu noir.

— Tu regrettes déjà d'avoir organisé ça, avoue, lui ai-je dit avec un rire amer.

Rastko a voulu dire quelque chose, mais c'est comme si les mots étaient restés coincés dans sa gorge. Ses yeux étaient remplis de larmes.

J'ai quitté l'hôtel, des jeunes chantaient des chants spirituels devant l'église de l'Ascension. Parmi eux, j'ai reconnu Viktor, qui avait enfilé sur ses pieds nus des chaussures à bec de canard usés. J'ai couru pour prendre mon trolleybus.

Rastko nous a surpris le lendemain matin. Il s'est levé tôt et a pris un taxi jusqu'à l'appartement où nous habitions, Ema, le petit Viktor et moi. Il a apporté un bouquet de roses blanches et plusieurs sacs contenant des cadeaux et des jouets pour enfants. Viktor a eu tellement peur en voyant Rastko qu'il s'est mis à pleurer et pendant un moment, il n'a même pas osé montrer le bout de son nez. Au bout d'une dizaine de minutes, il a laissé Rastko le prendre dans ses bras, et nous avons pris plusieurs belles photos ensemble. Rastko me regardait avec étonnement alors que je changeais habilement la couche de Viktor. Nous avons alors joué tous les trois par terre pendant une dizaine de minutes avec les cubes colorés que Rastko avait apportés. Je lui ai proposé de le raccompagner à l'aéroport, où Sean l'attendait déjà dans un café près des guichets de contrôle des passeports. Nous nous sommes tous les deux assis sur la banquette arrière du taxi. Des lambeaux de phrases imprégnées de larmes étaient projetés avec force hors de nous, tels de l'eau chaude d'un geyser.

Corrigé par les fabuleuses Hania Jalkh et Hélène Boudinot.

Composé par la talentueuse Chloé Madeline.

Merci l'open source pour les typographies :
Gesine Todt, la créatrice de la typo Amaranth ;
Łukasz Dziedzic, le créateur de la typo Lato ;
Steve Matteson, le créateur de la typo Open Sans ;
Et Robert Slimbach, le créateur de la typo Adobe Garamond.

MAIS AUSSI CHEZ BELLEVILLE ÉDITIONS

ZAHRA ABDI
La complainte de la limace

SOCORRO ACIOLI
Sainte Caboche

HAMDI AL-GAZZAR
Aux femmes

OSSAMA ALAYSSA
Les fous de Bethléem

IULIAN CIOCAN
Le royaume de Sasha Kozak
L'empire de Nistor Polobok

LEYLA ERBIL
Une drôle de femme

MARCIAL GALA
La cathédrale des noirs

DAMIR KARAKAŠ
Blue Moon

MONIKA KOMPANIKOVA
Le cinquième bateau

THOMAS KOROVINIS
Le cycle de la mort

FUTHI NTSHINGILA
Enrage contre la mort de la lumière

OLUMIDE POPOOLA & ANNIE HOLMES
Brèches

JEAN-CHAT TEKGYOZYAN
La ville en fuite
Troisième sexe

LATIFE TEKIN
Dérives

AGATA TOMAŽIČ
Ce que l'on ne peut confier à sa coiffeuse

CORINA SABAU
Et on entendait les grillons

SERAY ŞAHINER
Ne tournez pas la page
La coiffure de la mariée

EMRAH SERBES
Taksim Moonwalk

ET…

ADINA ROSETTI – VICTORIA PATRASCU – IULIA IORDAN – LAURA GRÜNBERG – CRISTINA ANDONE
Désobéissantes

Imprimé en France en décembre 2021
Dépôt légal : janvier 2022
N° d'impression : 167963